だだずんじゃん

川崎洋・詩
和田誠・絵

いそっぷ社

目次

I
だだずんじゃん

II

ことばかくれんぼ

III

づくし

IV

とんちんかん

V

でるでるモモタロウ

I

だだずんじゃん

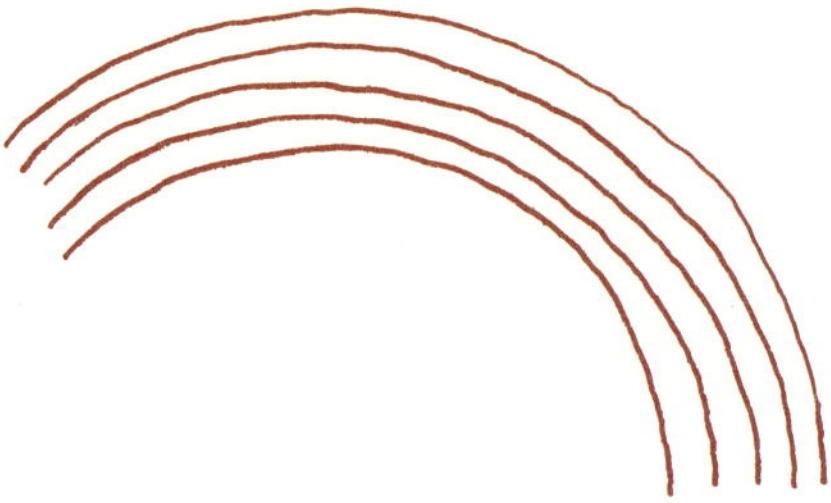

なかま

紙くずは
くずのなかまではありません
紙のなかまです

ニジマスは
マスのなかまだけれど
虹《にじ》のなかまとも言えます

若いシマダイは
じぶんはタイのなかまでなく
縞《しま》のなかまと思っているかもしれません

ホシザメも
じぶんでは鮫《さめ》のなかまでなく
天《あま》の川《がわ》の一員と思っているかもしれません

ものほしざおの洗《せん》たくものは
着物のなかまだけれど
風のなかまかもしれません

バカは
悪口のなかまだったり
親しさのなかまだったりします

おめでとう

小川に「おめでとう」
ゴミが取り除かれて
ハヤなんかが戻《もど》ってきたね
もうすぐヤマメなんかも来るだろう

幼稚園《ようちえん》で
目と目が合ってニッコリし合って
それでもう　お友だち
ふたりに「おめでとう」

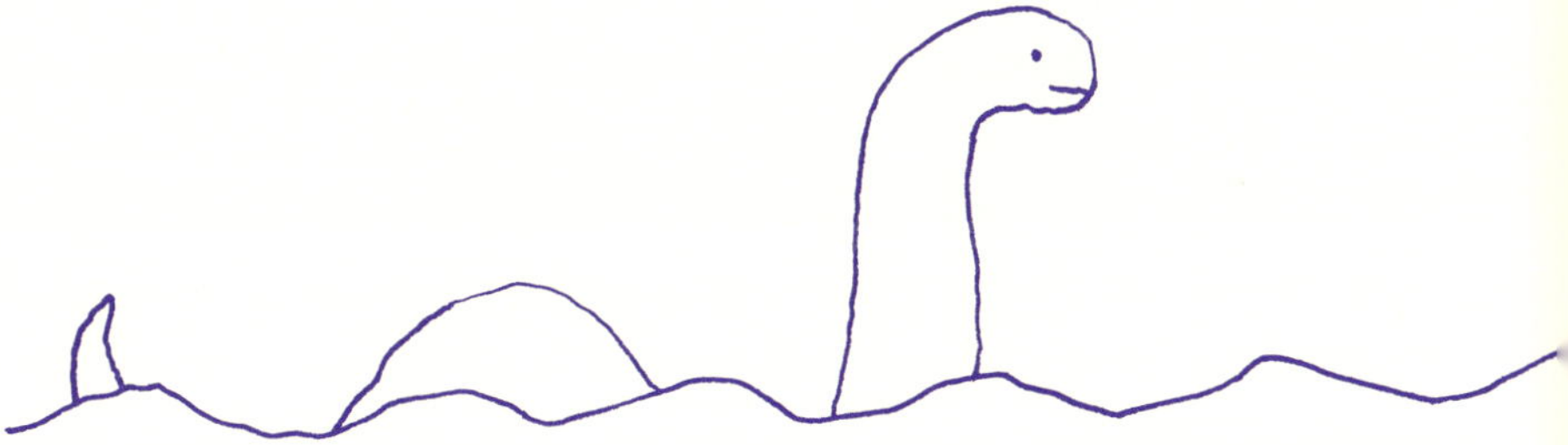

セミがいのち一滴《いってき》残さず歌い終って
アリに運ばれていく
つぎのいのちをはぐくむのだ
セミとアリに「おめでとう」

ネッシーにとてもよく似た海中生物に
「おめでとう」
今年も人間に見つからずにすんだね

そして　もうすぐ
わたしの妹か弟が生まれる
だから
わたしにも「おめでとう」

不思議

地球がまるい
ということは知っている
学校でそうならったし
テレビでもまるい姿を見たし

でも
地球と反対側に
人が立っているというのは
不思議

アリ　いつも見ている
それが突然《とつぜん》　不思議に思える
あんなに小さいものが
ちゃんと手足を動かして歩いている

ヘリコプターが空を飛ぶのは
不思議ではない　でも
スズメが飛ぶのは
不思議だ

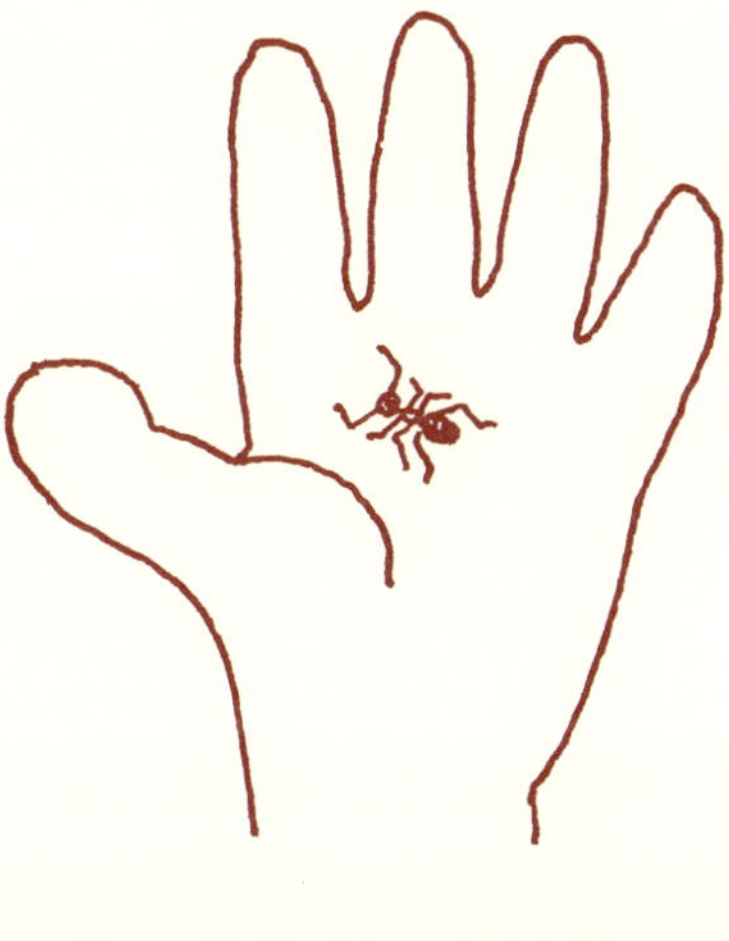

飛行機が故障して墜落《ついらく》するのは
不思議ではない　けど
林の中で見つけた鳥の死体は
不思議だ

ぼくの手さえ
きゅうに不思議になる
生まれて初めて見たみたい
なんて奇妙な形

こうして
生きていることだって
なんだか
とても不思議

トンネルとトンビ

あまり長くない一方通行《いっぽうつうこう》のトンネルです
自動車は時々しか通りません
トンネルはトンビと仲良《なかよ》しです
ほかの鳥はこわがって中を飛び抜《ぬ》けることをしません
トンビだけです
出口に出るすぐのところにタンポポが咲《さ》いていて
トンビは一日に一回は
くちばしにふくんだ水をやりに
トンネルの中へ入ります

出口の方から入ればすぐなのに
それではトンネルに失礼だと
いつも入口から翼《つばさ》を水平にして滑《すべ》るように入ります
トンネルは
「やあ」
と迎《むか》え
出口では
「ごくろうさん」
と見送ります
入口の山の上で　夏ならホトトギスが
テッペンカケタカ！
と鳴くと自動車が来たという合図です
来たかとトンネルはにっこりします
出口もうなずくのです

だだずんじゃん

てつぼうの　さかあがり　はじめてできた
だだずんじゃん
またひとり　ともだちふえた
だだずんじゃん

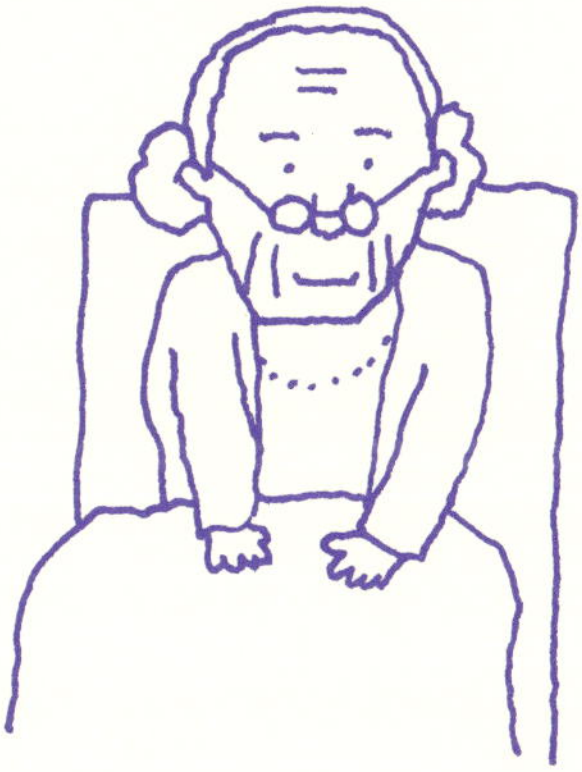

あそこんちのイヌ
やっとぼくをおぼえて　ほえなくなった
だだずんじゃん

ぼくのハムスターがこどもをうんだ
だだずんじゃん

とうさんが　でんわちょうでしらべたら
うちとおなじなまえのうちが
このまちにきゅうけんあったって
だだずんじゃん

おばあちゃんが　なくなった
あとちょっとで　ひゃくさいだったのに
だだずんじゃん

おとしだま
どこかに　おとしてしまった
だだずんじゃん

じゃんけんぽん！　のかわりに
だだずんじゃん

だだずんじゃん
それは　ぼくがつくったことば
だだずんじゃん

初夏の歌

北海道でヒグラシが鳴き始めています
九州ではすぐにホタルが明滅《めいめつ》し始めるでしょう
日本列島各地でカッコーが歌い始めています
うれいは少しずつ過去のものになるでしょう

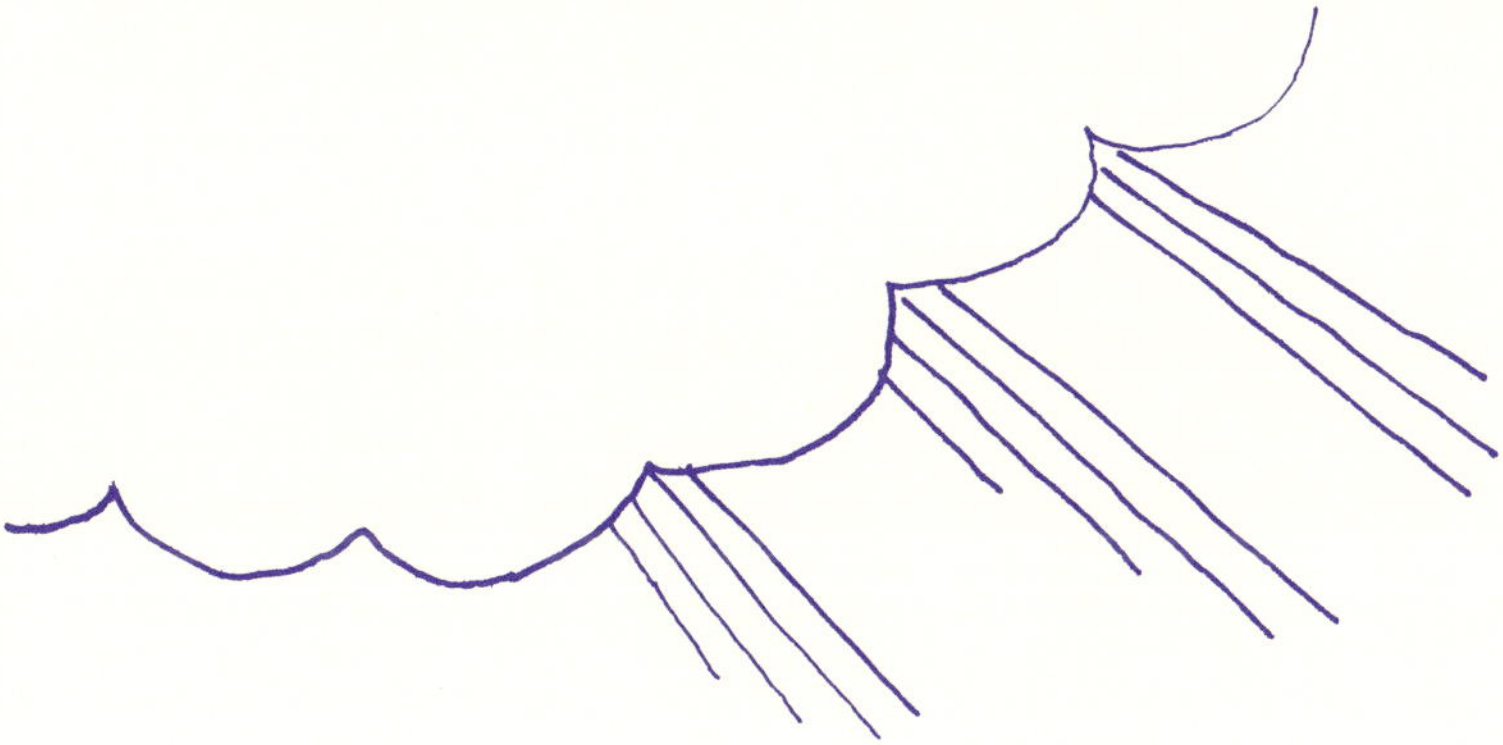

イナダはワラサにそしていつかブリになります
少年はまもなく青年になるでしょう

南風が木の芽《め》吹《ぶ》きをうながしています
少女はもうじき女性になるでしょう

サクランボが実ろうとしています
夢は確実にふくらんでいくでしょう

陽光《ようこう》が金色を増しつつあります
希望はやがて現実のものになるでしょう

おてんとうさん

子どもが描く
絵の中のおてんとうさん
画用紙から
はみ出さんばかりの

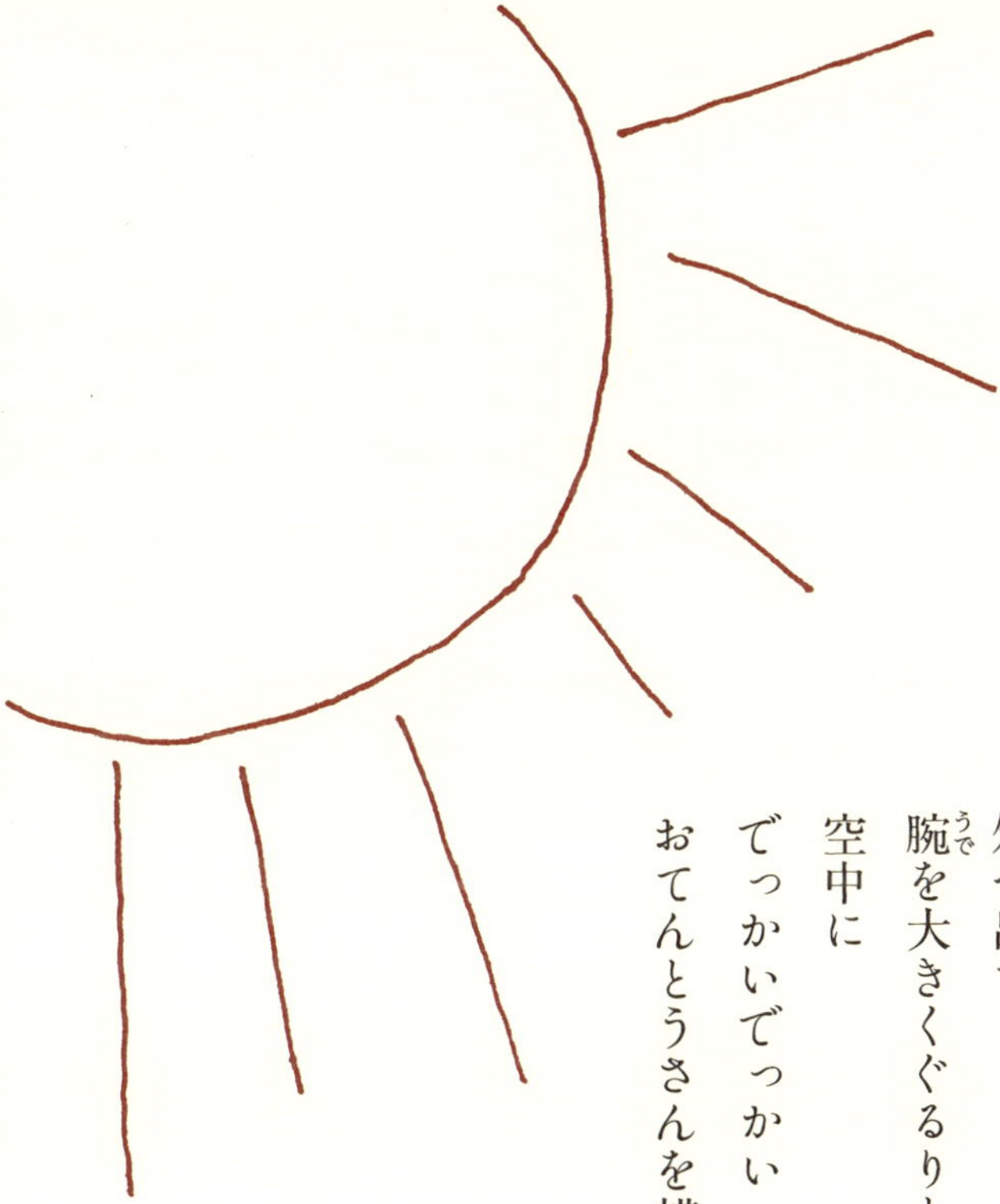

あのおてんとうさんから
ずいぶん
遠くへ来てしまった

すっきりと晴れた今朝《けさ》
外へ出て
腕《うで》を大きくぐるりと回し
空中に
でっかいでっかい
おてんとうさんを描こう

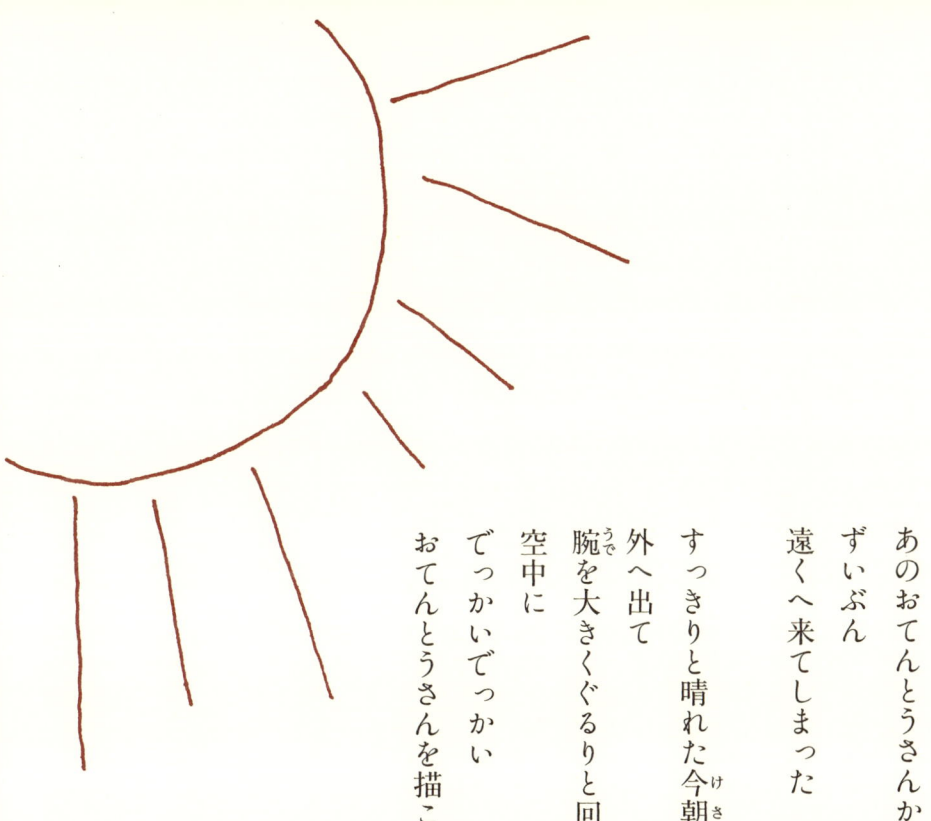

へーび

へびは
名前を変えたらどうだ
ロープみたいに
ながーいんだから
へーび　と
名前を
変えたらどうだ

右の詩を書いたのは
ずっと前だ

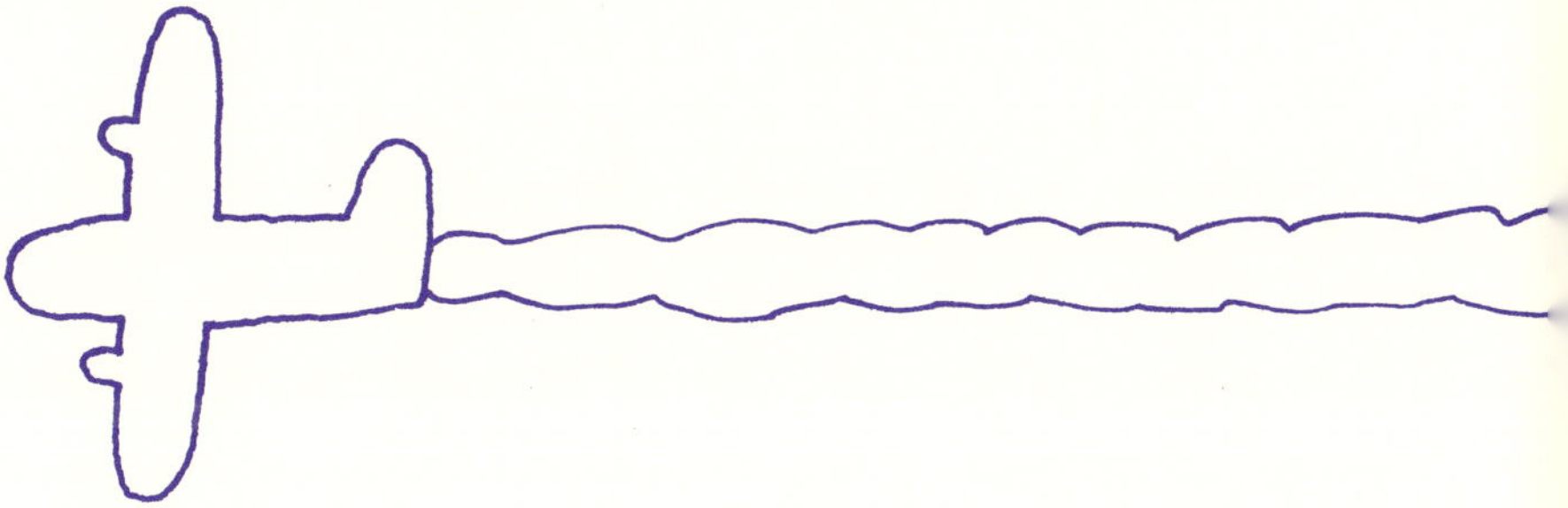

その後　千葉県で
へびを　へーびと
むかしから呼んでいると知った

だったら
きりんを　きーりん
と言いたいなあ
同じように
うーなぎ　だ
つーりざお　だ
電線は　でーんせん
綱《つな》引《ひ》きは　つーなひき　だ
ながい　とんねるは　とーんねる　だ
飛行機雲は　ひこうきぐーも　だ
レールは　レールでいいね

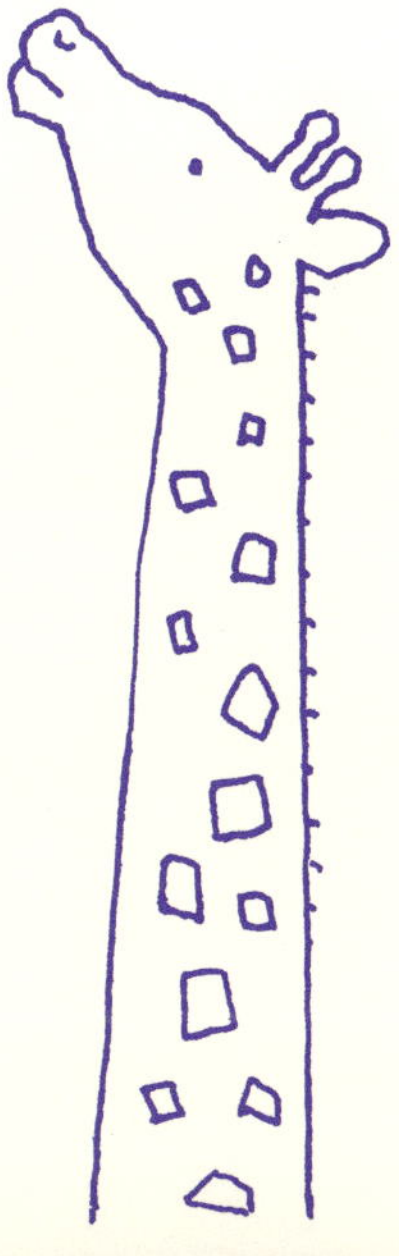

きのうより一回だけ多く

阪神大震災《はんしんだいしんさい》で被災《ひさい》したきみへ

家を失ったきみ　けがをしたきみ
父さん母さんを亡《な》くしたきみ
きょうだいを亡くしたきみ
じいちゃんばあちゃんを亡くしたきみ

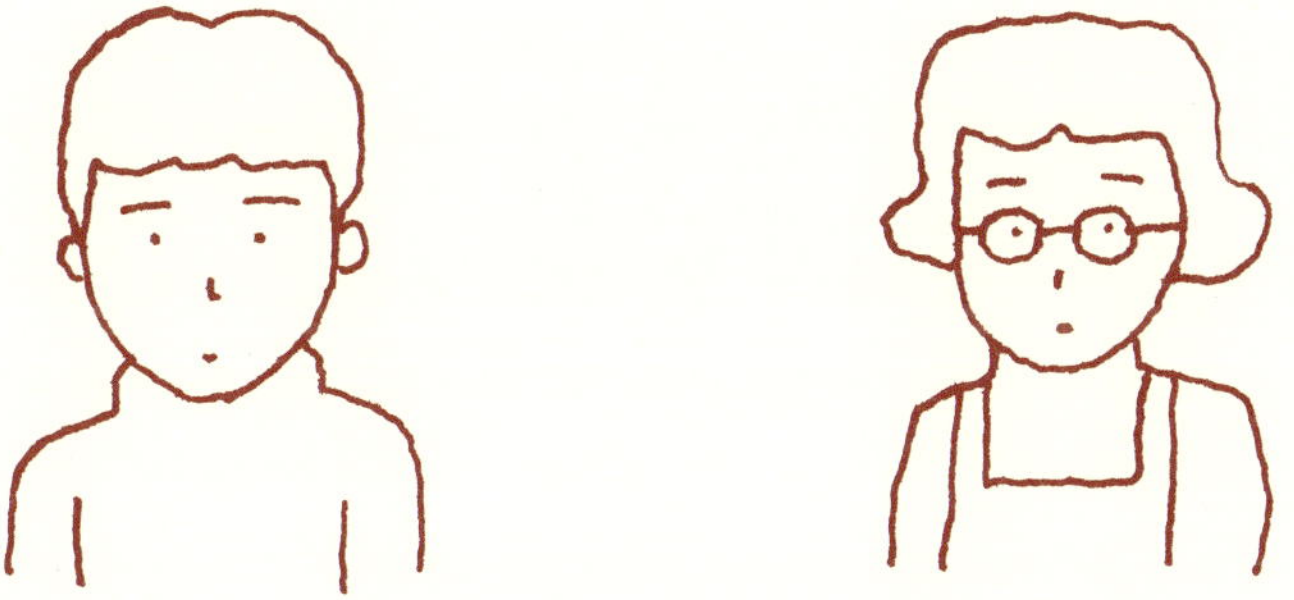

なかよしを亡くしたきみ
けんか相手がいまだに行方《ゆくえ》不明のきみ
泣いて泣いて泣いたきみ
大事なアルバムを焼いてしまったきみ
かわいがっていたイヌやネコをもう抱《だ》けないきみ
何日もふろに入れなかったきみ
ごはんが食べられなかったきみ
寒くて寒くてふるえたきみ
いまでもこわい夢を見るきみ
そのほか
わたしが想像つかない苦しみにおそわれたきみ

わたしは65歳《さい》
孫のようなきみを
どうなぐさめていいか言葉がみつからない
まして励《はげ》ますなんて

どう言えばいいのか
きみよりずっとたくさんの言葉を知っているのに
わからない

ただ太陽に手を合わせる
きのうより一回だけ多く
きょう
笑いがきみの顔に広がるように
一回でも多く
じょうだんがきみの口から飛び出すように
一回だけ多く
好きな歌がきみの口から流れるように

おーい　きみ

II

ことばかくれんぼ

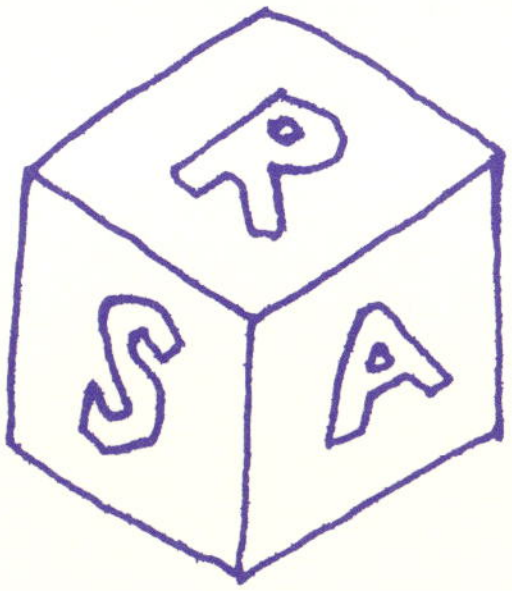

ことばかくれんぼ

フランスのなかに
ラン（蘭）
アメリカのなかに
あめ（飴）
イギリスのなかに
リス（栗鼠）

ソマリアのなかに
まり（鞠）

カメルーンの中に
カメ（亀）

モンゴルのなかに
もん（門）

だいかんみんこく（大韓民国）のなかに
イカ（烏賊）

にほん（日本）のなかに
ほん（本）

アフガニスタンの中に
かに（蟹）
アイスランドの中に
いす（椅子）
イタリアの中に
いた（板）
南アフリカの中に
なみ（波）
エルサルバドルの中に
さる（猿）

なぞなぞ

1　朝を食べる
　たりないのはなーんだ?

2　山がないている
　たりないのはなーんだ?

3

あの先はちょっとこわい
たりないのはなーんだ？

4

花がきた
たりないのはなーんだ？

5

空がおいしい
たりないのはなーんだ？

6

大きなお話だ
たりないのはなーんだ？

7

鏡を割る
たりないのはなーんだ？

8

顔をかぐ

たりないのはなーんだ?

9

宿はいやだ

たりないのはなーんだ?

10

棒《ぼう》を追いかける

たりないのはなーんだ?

11

腹をはずす

たりないのはなーんだ?

12

ポケットにひっかかれた

たりないのはなーんだ?

*答えは62ページ。

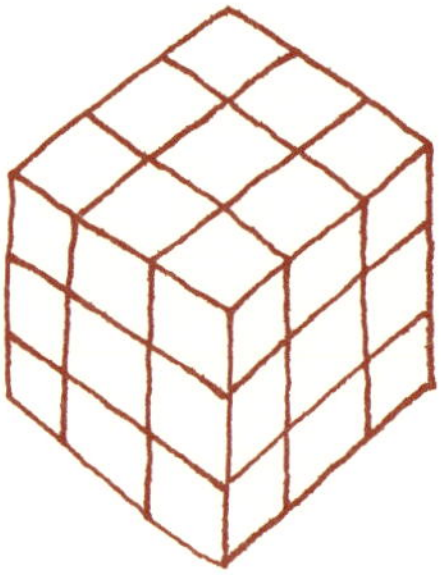

字ぐそーぱずる

けいりん
やまどり
おみまい
しおやけ

いちばん
かそうば
いいそち
さいかい

すずむし
かりうむ
ねたりず
かねかす

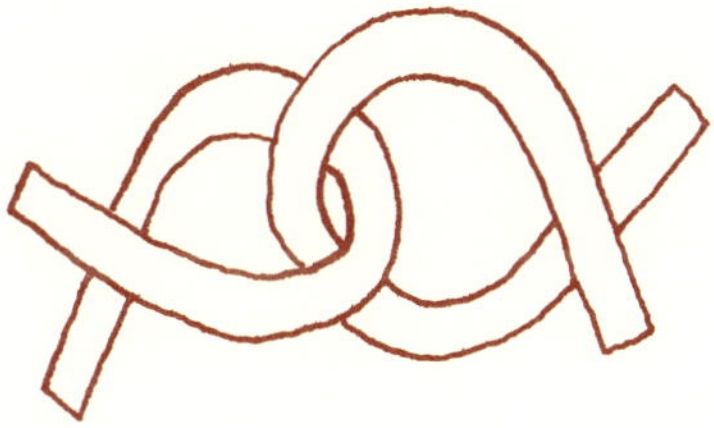

せいめい
たたりめ
もてたい
おもたせ

そうしき
みかえし
からかう
あかみそ

おきなわ
ししばな
かんしき
たかしお

字ならべ

た
はつどひょう
こ
の

行司《ぎょうじ》も初土俵で

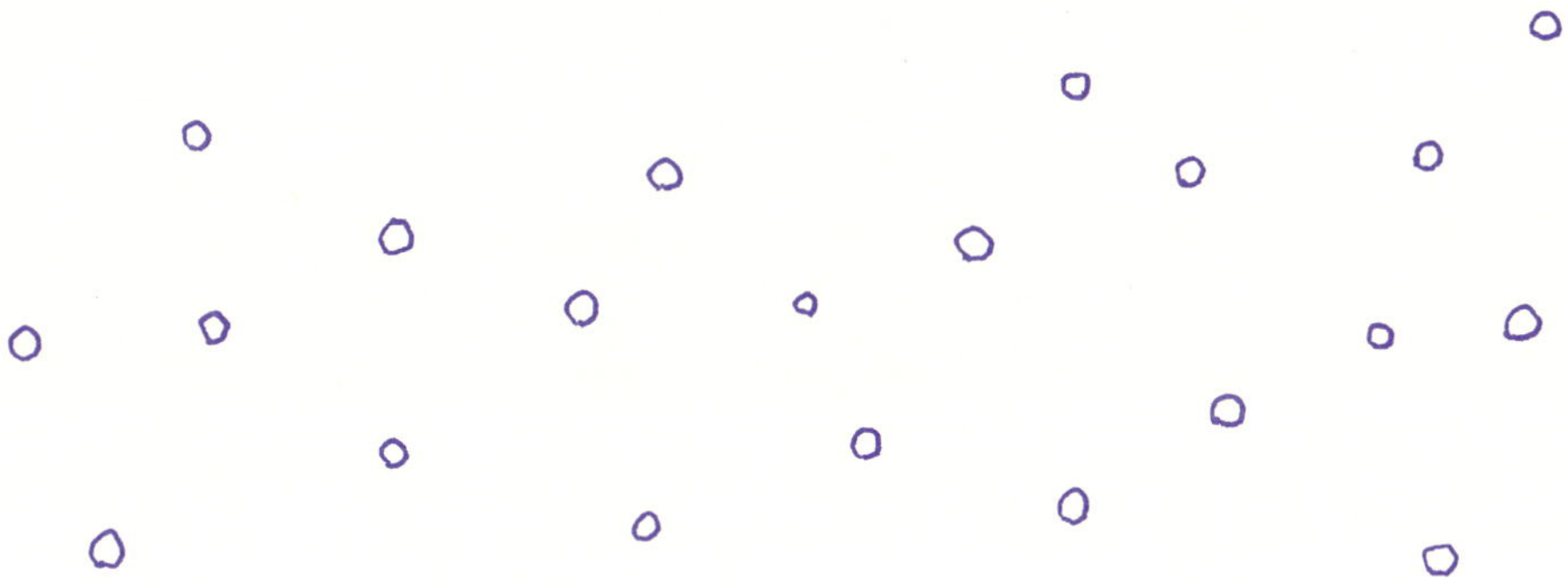

あかとんぼ
かかし

おおゆき
ゆうびんやさん

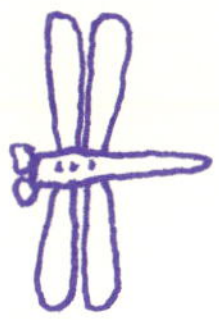

案山子《かかし》にとまった赤トンボ

大雪をついて郵便配達

ど
や
のり
なびか
いた

さくらもち
にほんちや

旅の宿でいなびかり

桜餅《さくらもち》にはやはり日本茶

てんきよほう
てるてるぼうず

カレーライ
ライスカレー

テレビの天気予報を窓のところから
横目で見ているてるてるぼうず

カレーライスかライスカレーか

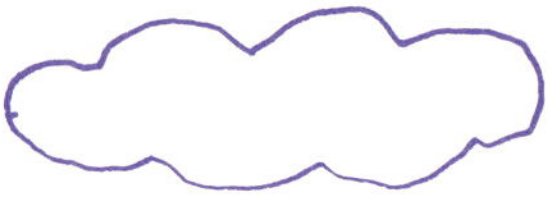

ねじりはちまき
わつしよい
ようようつり
おおだいこ
ろくしやくだまのはなび
はつかパイプ
すりにごようじん
だいどうげい

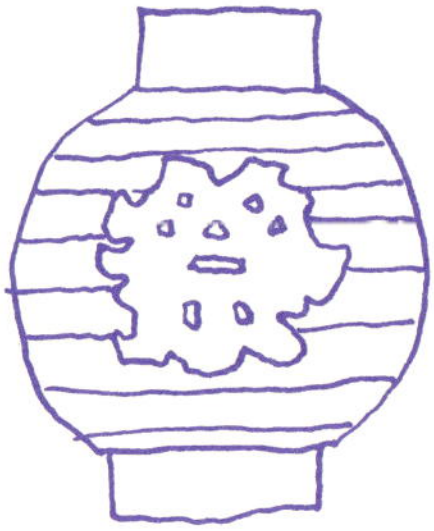

祭りだ祭りだわっしょい

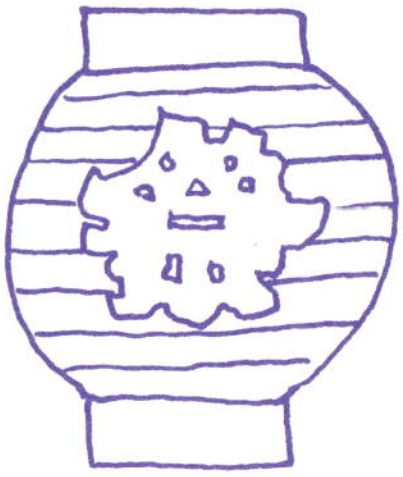

なまえうた

なきむしのくせに
まけるのがだいっきらい
えはへたくそだけど
うたはうまいよ
たくさんたべる

＊自分の名前でつくってみよう。

順番

一番星みつけた
二番出しのおみおつけ
三番勝負でまず一勝
四番打つのはどの選手
五番の背番号は三塁手《さんるいしゅ》
六番線から終電車
七番目は「と」いろは順
八番勝って勝ち越したお相撲《すもう》さん
九番目誕生大家族にまた一人
十番将棋《しょうぎ》指しとうとう勝てず

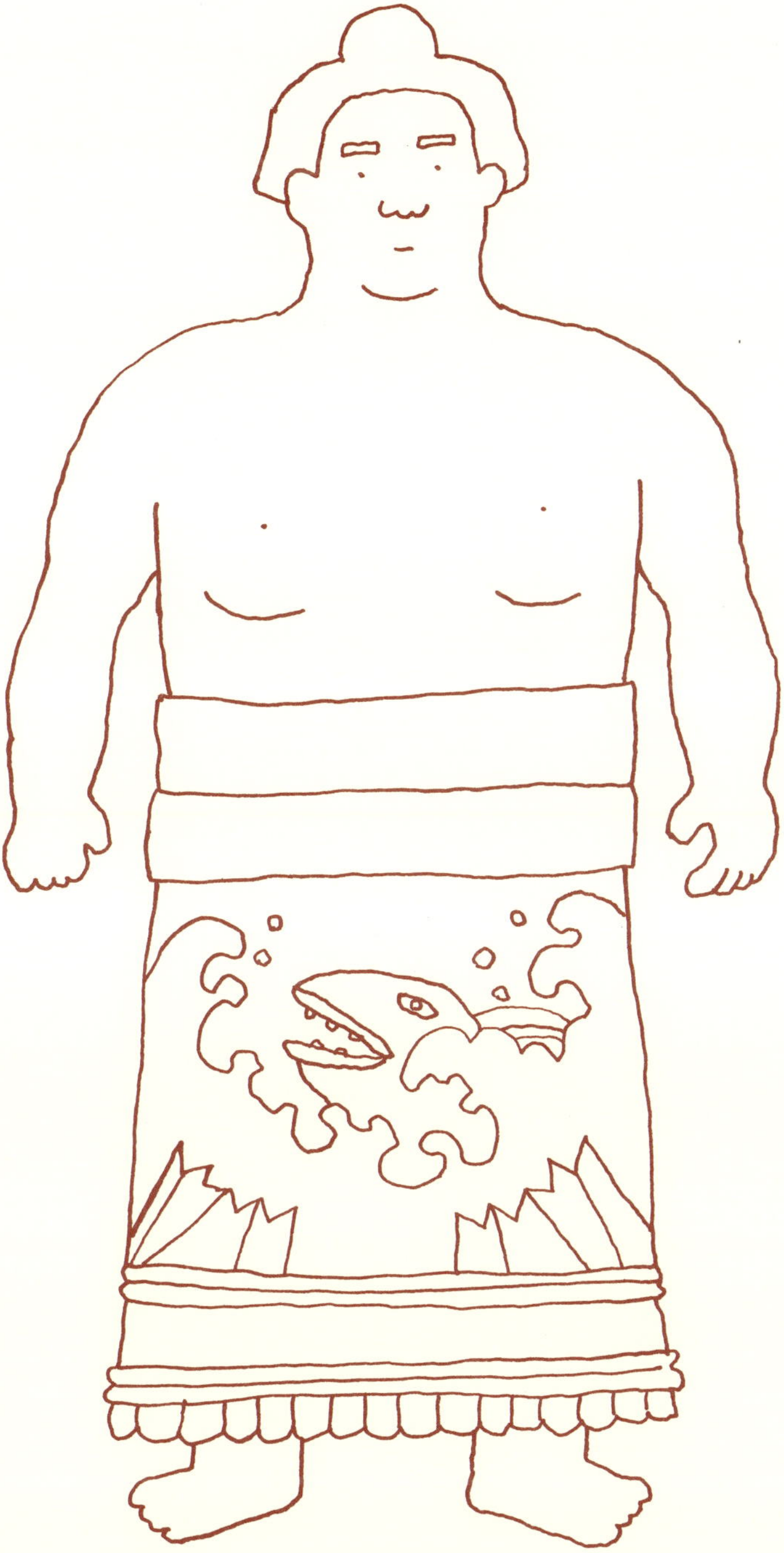

あさ、さあ一日のはじまり

あさ
さあ　一日のはじまり
シカ
菓《か》子《し》たべる

くさ　の花が
さく

るす　を
する

きす
すき

たな　に
鉈《なた》

かい　に足をはさまれた
いか

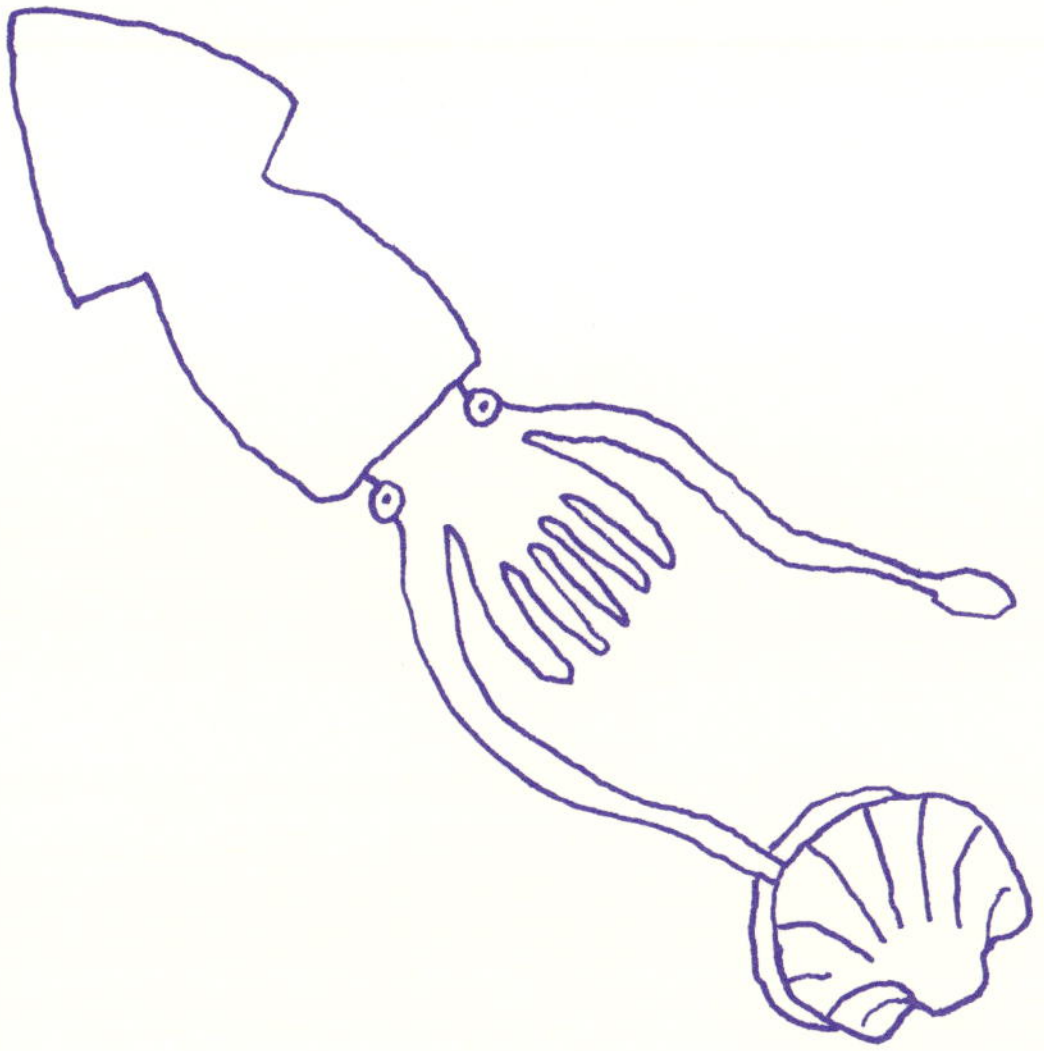

いつ　来たの？
つい　さっき

えい
いえ　はどこ？

かお　が
おかしい

がけ　から落ちて
けが

なつ
つなひきをする

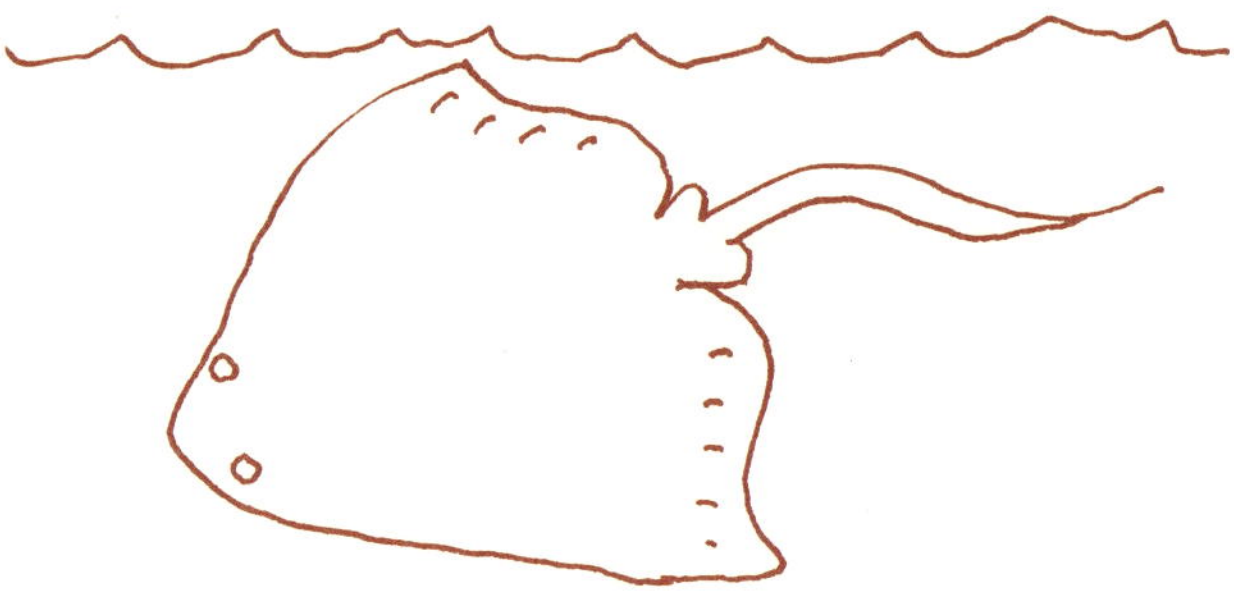

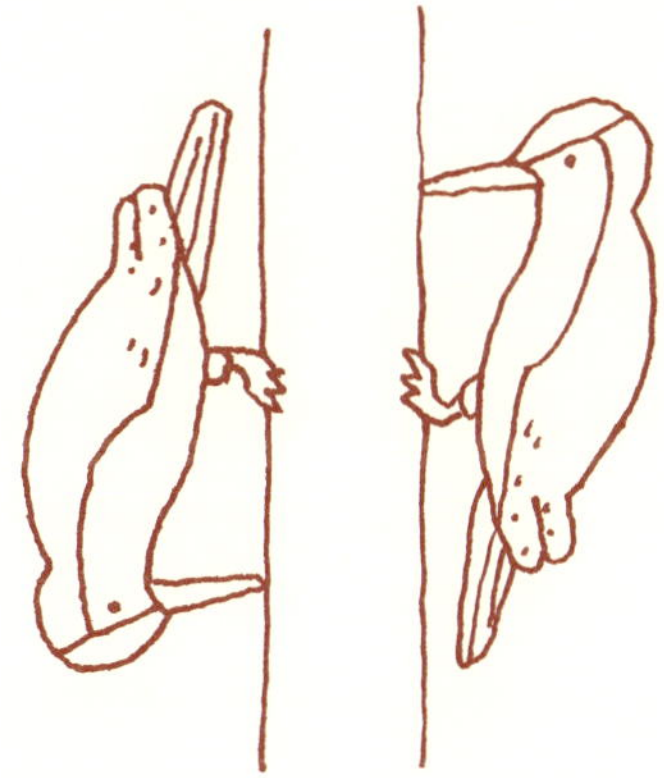

くよくよしないで
よくよく考えてごらん

うとうと
とうとう電車で居《い》眠《ねむ》り

ねんね　寝《ね》返《がえ》りうっても
ねんね

きつつき　さかだちしても
きつつき

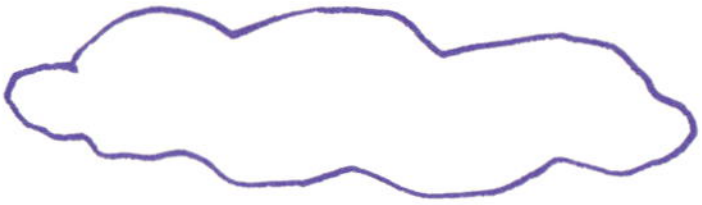

野球しりとりうた

野球の試合
いつも補欠《ほけつ》でベンチ
力いっぱい応援《おうえん》すると
とてもおなかが空《す》くけれど
どの選手もがんばっているのだからがまんする

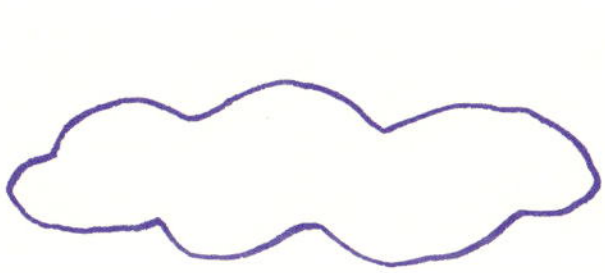

塁《るい》に出た先頭バッターに
二番バッターがバント
ところがピッチャーフライでゲッツー
ツーアウトになりつぎの打者は三振《さんしん》だった
たがいにゆずらず
ずっと0対0のまま最終回をむかえたが
がつんとホームランを打たれ
連敗の記録がまた一つふえた
ためいきが出たけれど
どっこいそれは夢だった

とすん　どすん

サルも木から落ちる　とすん
ゴリラなら　どすん

コアラそろそろ移動する
見物人ぞろぞろ移動する

警察犬《けいさつけん》空港で荷物をくんくん嗅《か》ぐ
麻薬《まやく》この荷物にとひもをぐんぐん引っ張る

ここはどこ？と亡者《もうじゃ》きょろきょろ
地獄《じごく》じゃとエンマ大王《だいおう》大目玉ぎょろぎょろ

するするとマラソンの先頭に出たが
やがてずるずると後退

はいはいして後を追うわが子に
ばいばいして戦場に　それっきり帰ってこない

ランドセルの中で筆箱《ふでばこ》が　かたかた
強風で教室の窓が　がたがた

ざらざらした手で
さらさらとかきこむお茶づけ

がらがらの始発電車
乗り遅《おく》れまいと走ってきてのどがからから

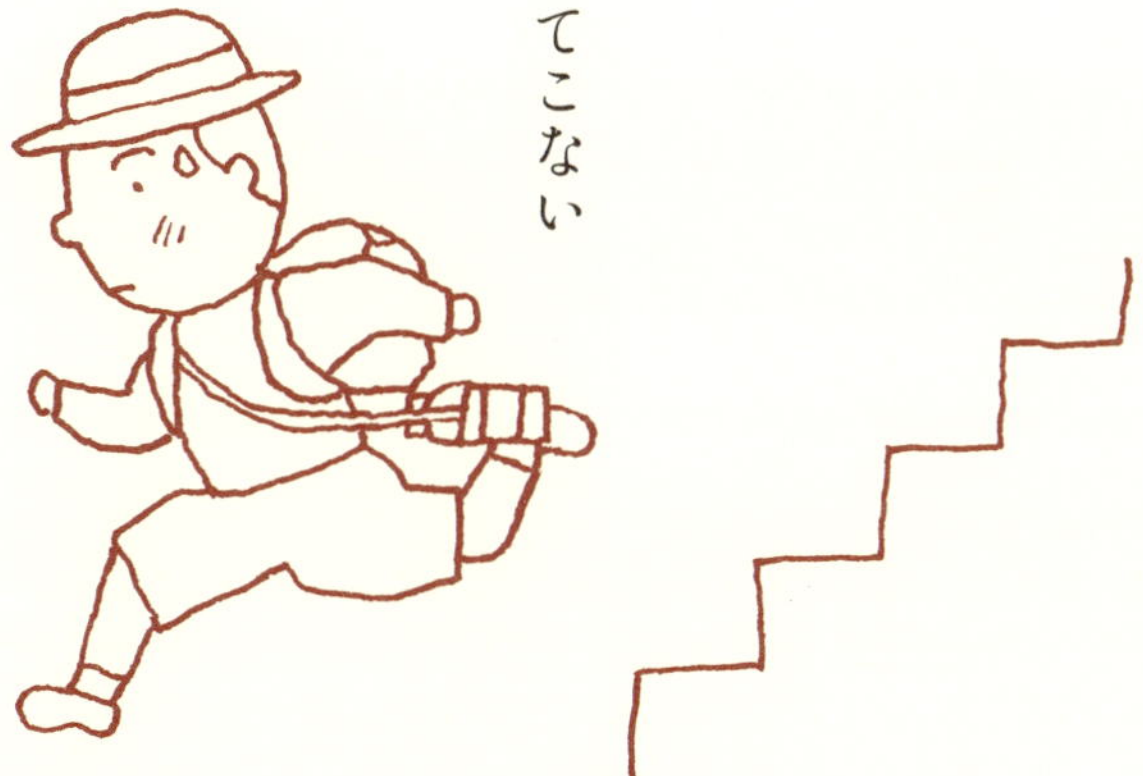

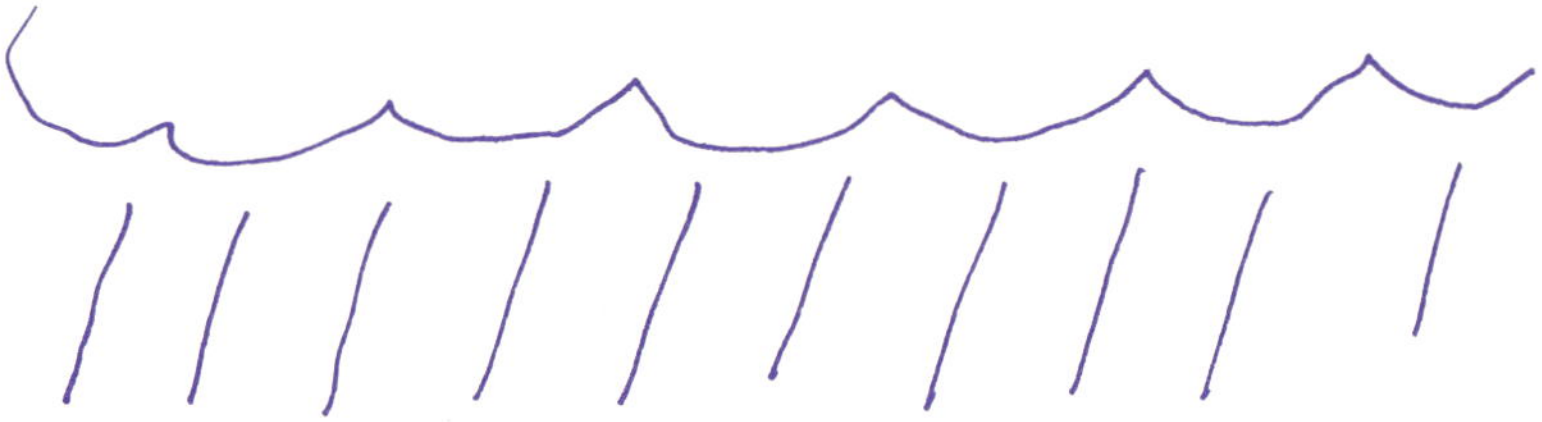

タイヤがはじく石がばらばら谷底《たにそこ》へ
せまい山道で車はカーブのたびにはらはら

べろべろに酔《よ》っぱらって帰宅したお父さん
イヌに顔をぺろぺろなめられている

さしみは冷凍《れいとう》でこちこちだし
カボチャは生煮《なまに》えでごちごちで食えたもんじゃない

かき氷をスプーンでしゃりしゃりかきまぜながら食べる
ひどい砂ほこりで口の中がじゃりじゃり

寝汗《ねあせ》でじとじとの浴衣《ゆかた》
洗って干《ほ》したが　なんとなくしとしとする梅雨時《つゆどき》

雪しんしん
寒さじんじん

さんさんと陽《ひ》がまぶしくそそいでいたが
突然《とつぜん》スコールざんざん降り

公園のブランコが風にぶらぶら
そばの木の枝からぶら下がったミノムシがふらふら

空には星がきらきら光っているが
海は流れ出た油でぎらぎら光っている

漁船が大漁旗《たいりょうき》をはたはたとはためかせて入港
さあ魚市場はばたばたと忙《いそが》しい

「なぞなぞ」の答え

1　ごはん
2　鳥
3　生
4　便り
5　気
6　世
7　餅《もち》
8　昼
9　題
10　泥《どろ》
11　巻
12　モンキー

III

づくし

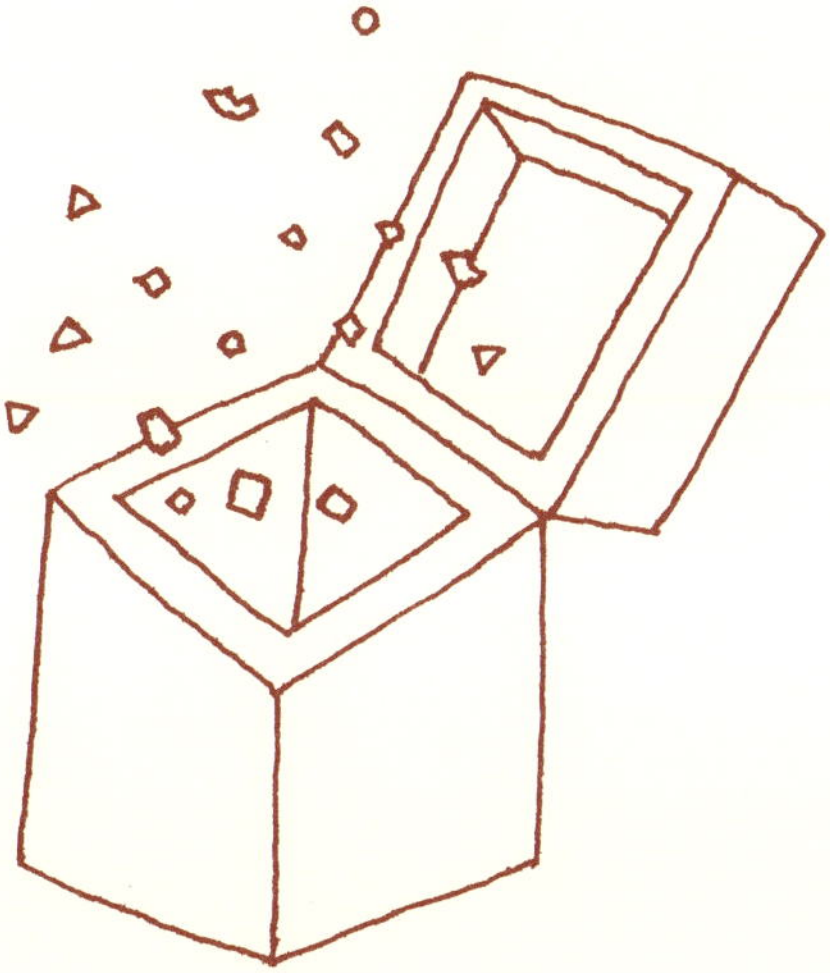

てんづくし

その日は晴天
天下分け目の決勝戦
ＡＢ両チーム集中力満点
天をどよもす応援《おうえん》合戦
１回表Ａチーム先取得点
２回裏Ｂチーム同点
３回表裏ＡＢとも０点

4回裏打球はショートの頭上《ずじょう》を越《こ》えて外野へてんてん
センター横転《おうてん》球こういつ
Bチーム得点勝ち越し点
5678回試合の展開二転三転
Aチーム再逆転
Bチームいだてん選手本盗《ほんとう》またまた同点
あと1点追加点ほしいAチーム
9回裏Bチーム主将中天《ちゅうてん》高くホームラン
Aチーム仰天《ぎょうてん》
これが決勝点
応援団うちょうてん
天をあおぐAチーム監督《かんとく》

まいまいづくし

ばあさん　まい朝
お地蔵さんに　おまいり
しんまいのくせに
なまいき
シューマイ
うまい
せまいながらも
マイホーム

かり住まいの
わびずまい

いまいましい
かまいたち

ダイナマイト打線
まい回ホームラン

あまいマスクの
二まいめ

マイマイツブロ
ゆっくりゆっくりマイペース

きりきりまいで
めまい

ししまいのあとをおっかけてって
まいごに

あいまいな態度は
まい度のことで

店じまいで
てんてこまい

これで
おしまい

ないないづくし

かみなりに
かみのけはない
でこぼこみちに
おでこはない
まゆげは
ゆげをたてない

めだまやきは
みない

みみずに
みみはない

くちなしのはなには
くちがない

くびは
あくびをしない

ひじりめんには
ひじがない

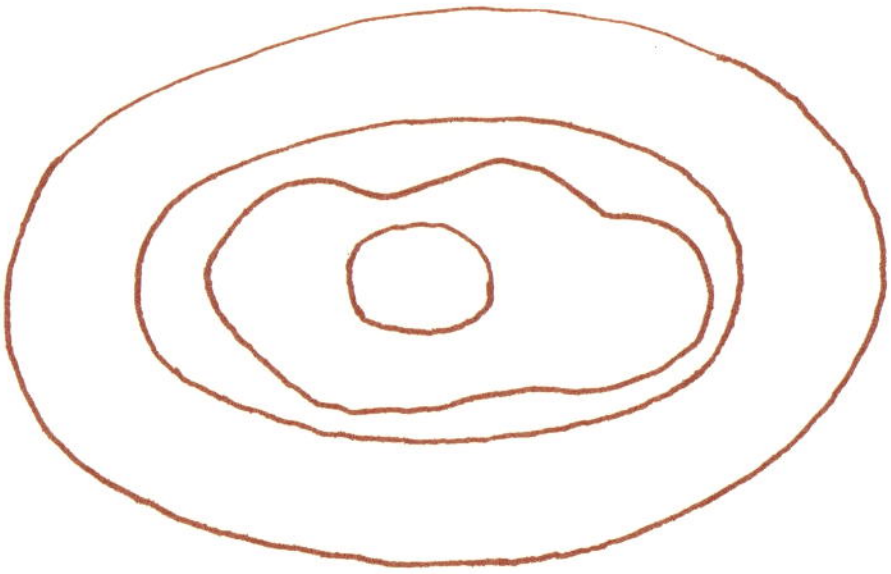

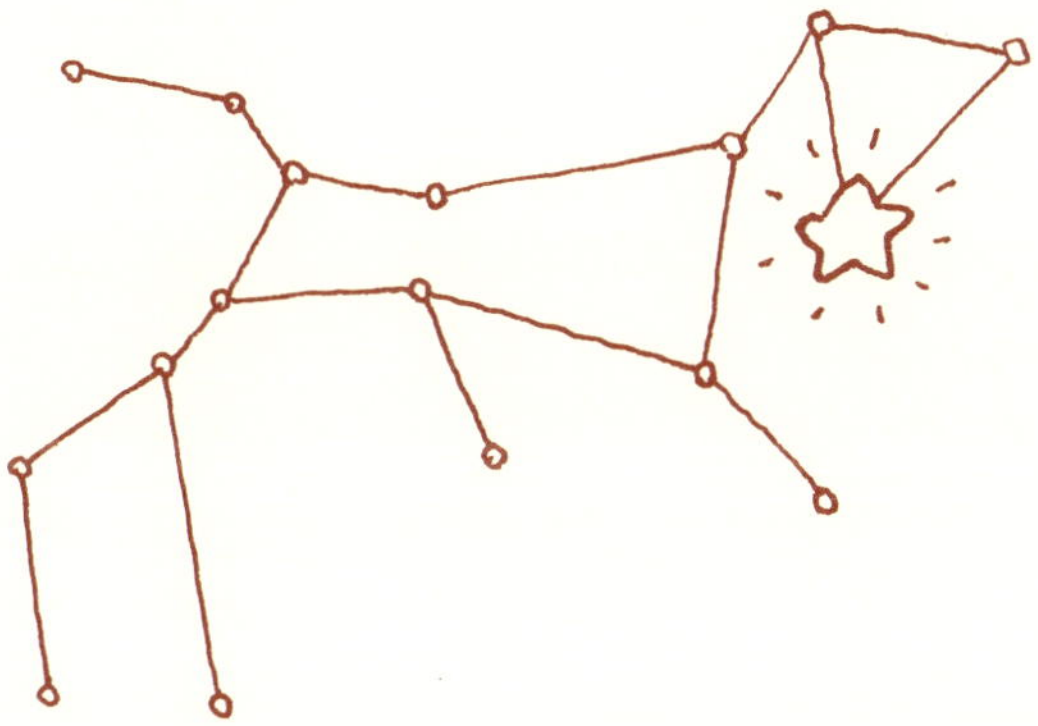

ゆびきりは
ゆびをきらない
ひざまくらは
ねむらない
シリウスに
しりはない

ばるづくし

おすもうさん
土俵《どひょう》ぎわでふんばる

大食い競争
口いっぱいほおばる

黄門《こうもん》さま
悪代官をふんじばる

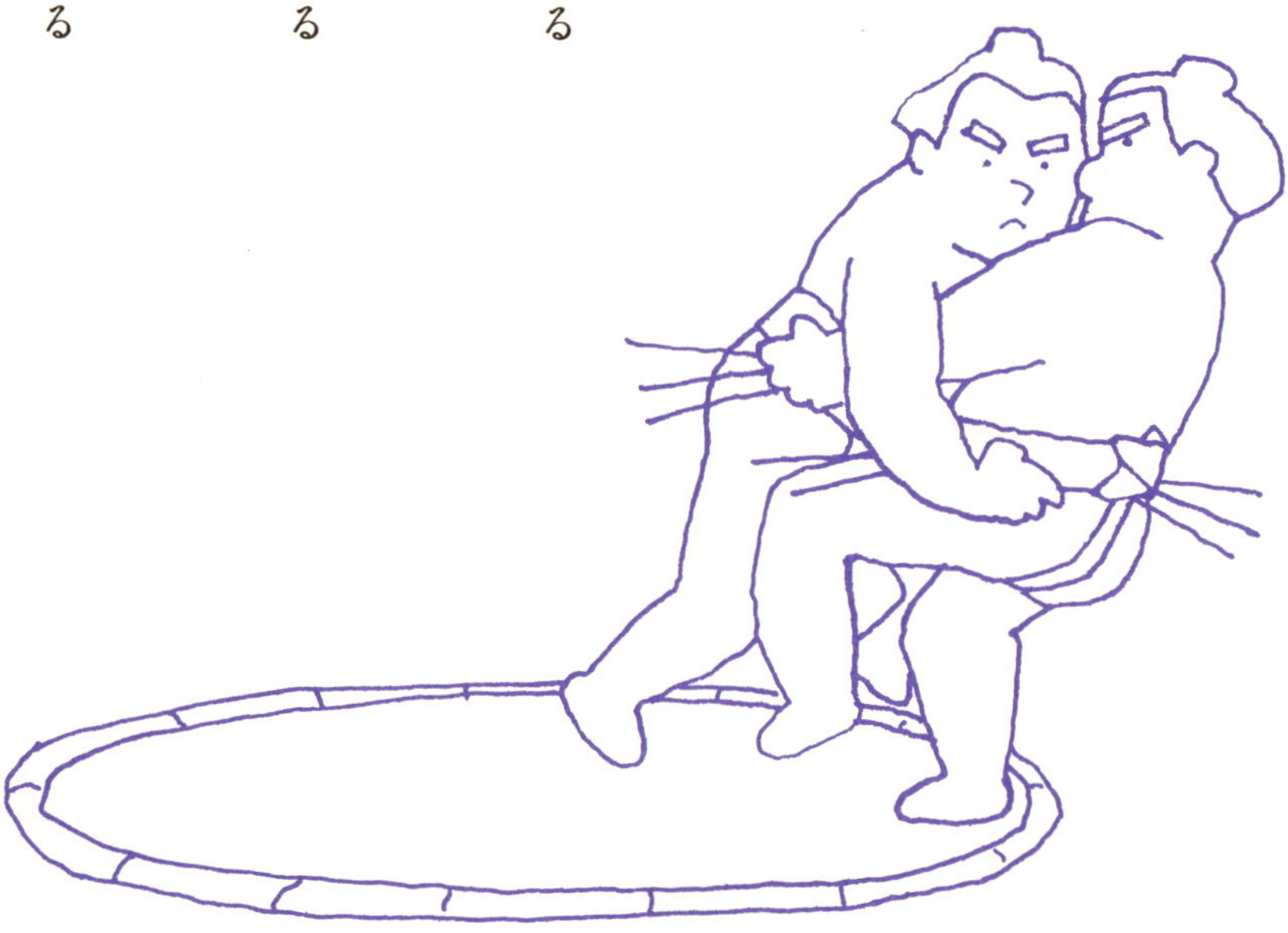

あの人
いつも出しゃばる

トイレで
息ばる

セールスマン
玄関《げんかん》でねばる

マラソンランナー
歯を食いしばる

長い石段で
へばる

証拠《しょうこ》をつきつけられ
顔がこわばる

番長
いばる

ラジオ体操
校庭に散らばる

湖で外来種《がいらいしゅ》の魚が
のさばる

初の海外旅行
荷物がかさばる

おすそわけですと
となり近所にくばる

行ってみたい
カーニバル

ほらあそこと指す
スバル

あいつはおれの
ライバル

大きな音がする
シンバル

ふくづくし

アイロンをかけるため
きりをふくのはお母さん
あついおみおつけを
ふうふうふくのはわたし

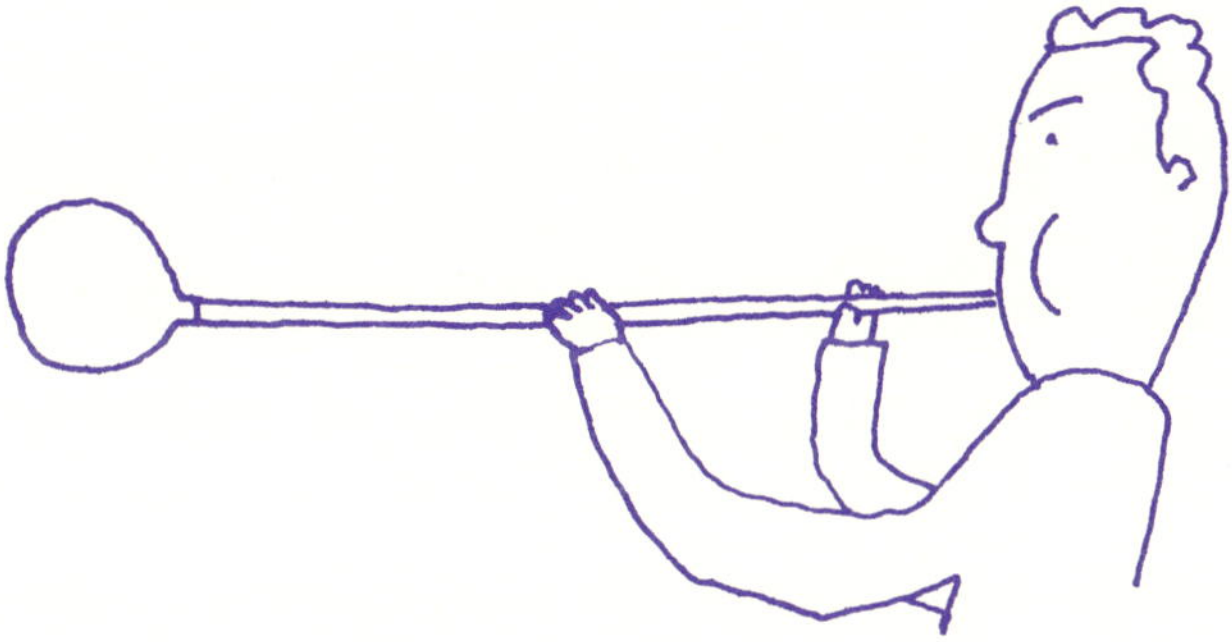

かまどの下を
火吹《ひふ》き竹《だけ》でふくのは時代劇の娘役

むかしの歌を
ハーモニカでふくのはおじいさん

孫のよだれをふくのは
おばあさん

長い管《くだ》の先につけた
ガラスをふくのはガラス職人さん

ギコギコ
ふいごをふくのはかじやさん

外からかえってきたネコの
足をふくのはお姉さん

日曜日の朝ふとんの中で
口笛《くちぶえ》ふくのはお兄さん

こんな大きなサカナを釣《つ》ったと
ほらをふくのはしんせきのおじさん

山寺で
ほら貝ふくのは山伏《やまぶし》

上をむきくちばしの先から
水ふくのはふんすいのツル

とつぜんドドーンと
火をふくのは火山

大勢がチームを組んで
一けんの家の屋根のかやをふくのはその村の伝統

えらい人の銅像に
ろくしょうがふくのはだれのしわざ?

ヤナギが新芽をふく
だれがしたこと?

たつづくし

生まれて10か月初めてたつ
すくすくそだつ
学芸会で舞台《ぶたい》にたつ
騎馬戦《きばせん》でふるいたつ
朝ぎりの中でかみの毛がたつ
霜《しも》がたつ
駅伝最終区で先頭にたつ
卒業式で名前を呼ばれてたつ

会社で目だつ
二人のうわさがたつ
新郎新婦《しんろうしんぷ》のうしろに金びょうぶがたつ
温泉旅館は湯気《ゆげ》がたつ
暮らしがたつ
単身ふにんに飛びたつ
家庭に波風《なみかぜ》がたつ
本社の部長に栄達
うれいをたつ
筆《ふで》がたつ弁がたつ
人の上にたつ
家がたつ
あっというまに年月がたつ
医者にいわれて酒とタバコをたつ
あの世へ旅たつ

んぷづくし

誓《ちか》いの言葉は
新郎新婦《しんろうしんぷ》

神のみ恵《めぐ》みをアーメンと
神父《しんぷ》さま

山の宿には
ひっそりランプ

海ではイルカが
ジャンプする

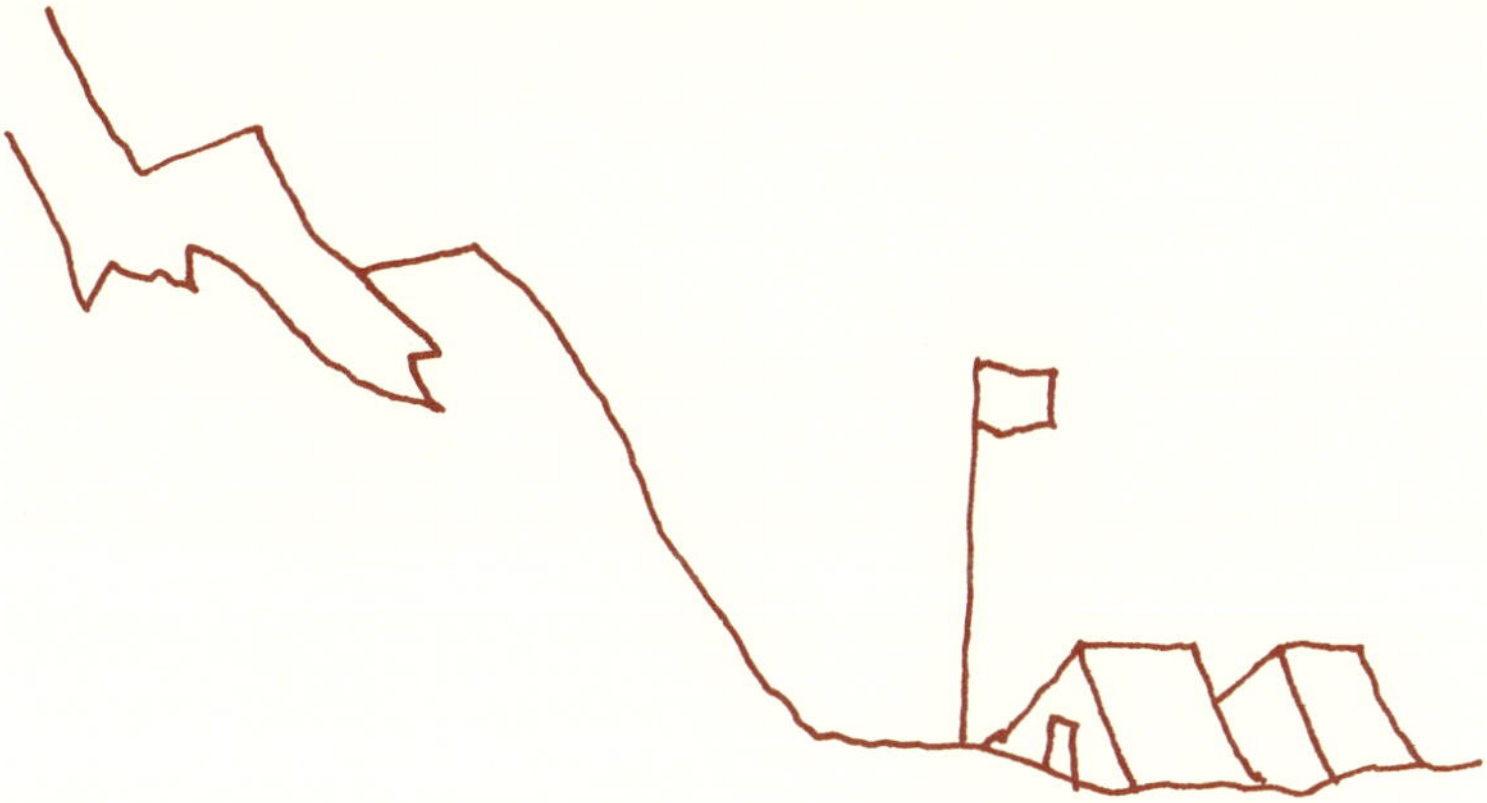

登山隊つくっている
ベースキャンプ

山火事で
ヘリコプター散布《さんぷ》する消火剤《しょうかざい》

作曲家五線紙に
音符《おんぷ》書く

工事現場には
ダンプ

郵便局でおすのは
日付けスタンプ

Ⅳ

とんちんかん

とんちんかん

あの人の話はいつも
とんちんかん
三味線《しゃみせん》を習ってみたい
ちんとんしゃん

その昔飲んでた薬
まんきんたん

ザリガニにグー出しゃ勝てる
じゃんけんぽん

この商品うちの自慢《じまん》と
きんかんばん

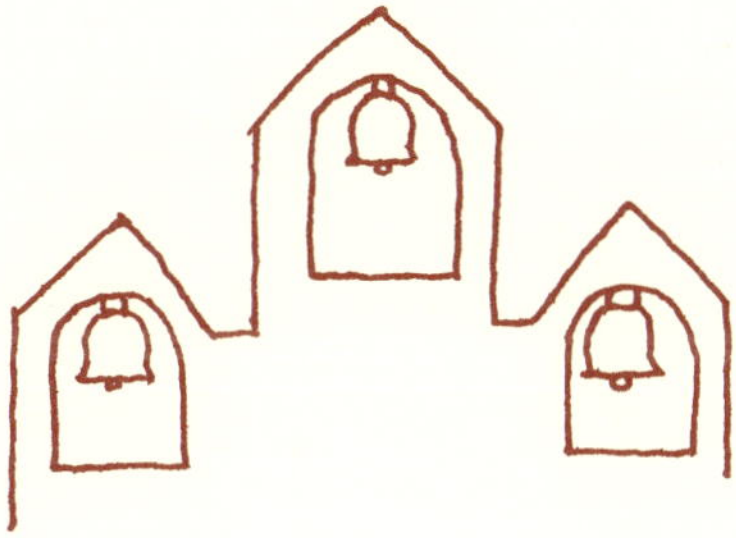

鐘《かね》の音《ね》が遠く聞こえる
きんこんかん

先に行くだれだれよりと
でんごんばん

飛行機と値下げ競争
しんかんせん

めん類でいちばん好きな
わんたんめん

速球で三四五番を
さんさんしん

食べたり飲んだり

大もりごはんを
ぱくぱく

若さにまかせて
もりもり

おすもうさん
がばがば

あかちゃんおっぱいを
こくんこくん

食パンを
ぱくぱく

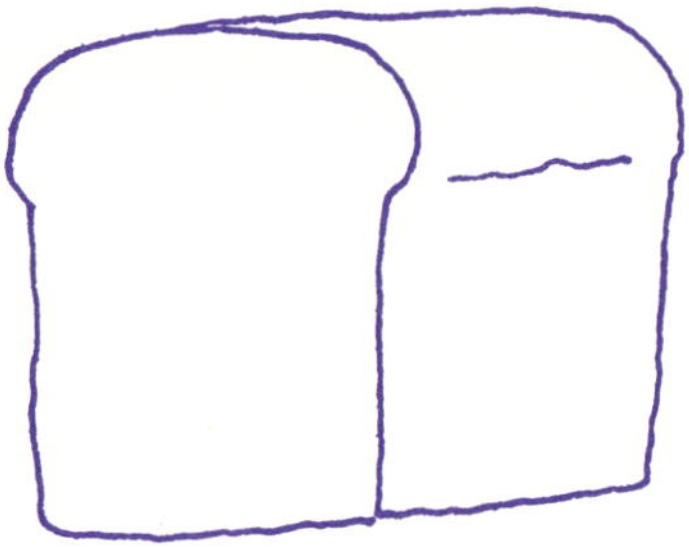

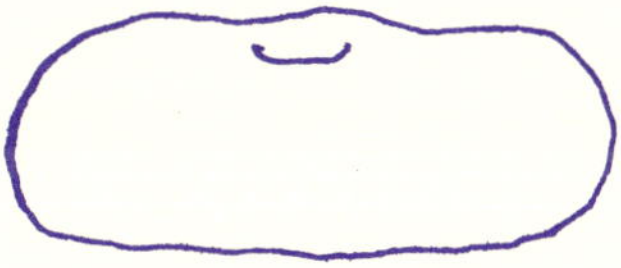

コッペパンを
もそもそ

かばやきを
むしゃむしゃ

ラーメンを
つるつる

そばを
するする

カレーライスを
もぐもぐ

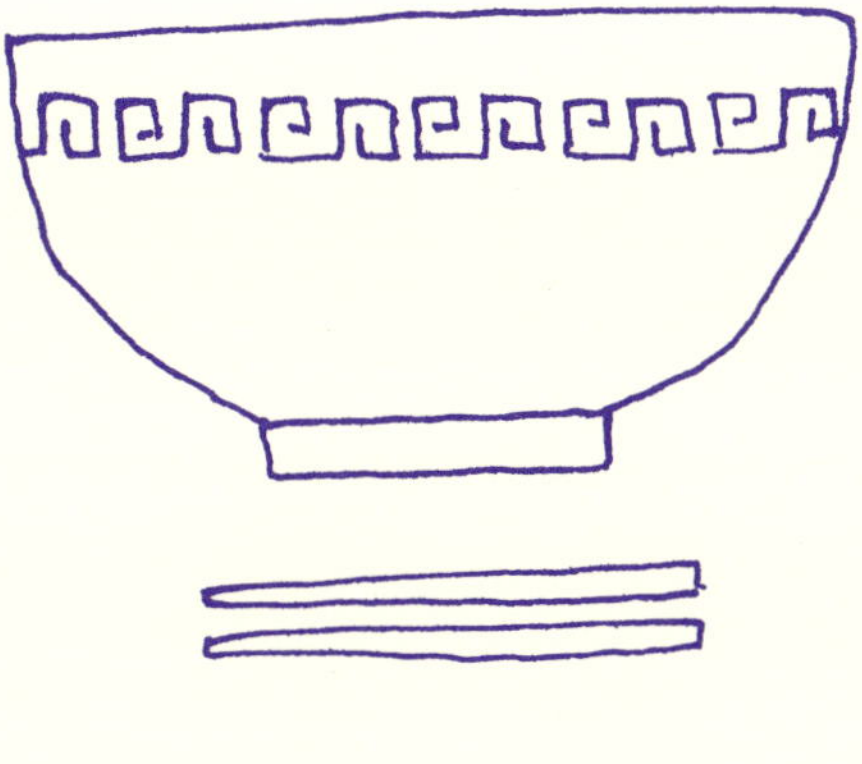

おなかがすいて
がつがつ
お茶づけを
さらさら
たくあんを
ぽりぽり
おせんべを
ばりばり
かきもちを
かりかり

かき氷を
しゃりしゃり
ソフトクリームを
ぺろぺろ

酒を
ちびちび
ビールを
ぐいぐい

水わりを
ぐびりぐびり
お茶を
がぶがぶ

ストローで
ちゅうちゅう

薬をいっぺんに
ごくん

チューインガムを
くちゃくちゃ

子ネコが　皿《さら》のミルクを
ぴちゃぴちゃ

カメレオンが舌をのばして
ぴゅるん

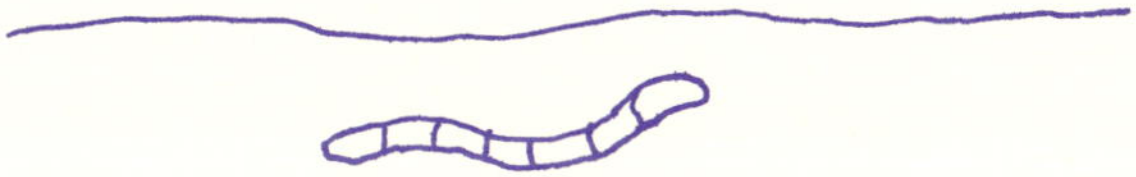

イグアナがサボテンを
みしみし

ヘビがカエルを
あむっ

ミミズ土を
ちょぼりちょぼり

クジラが小魚の群れを
ざばっ

肉食恐竜《きょうりゅう》がえものを
ばぐりっ

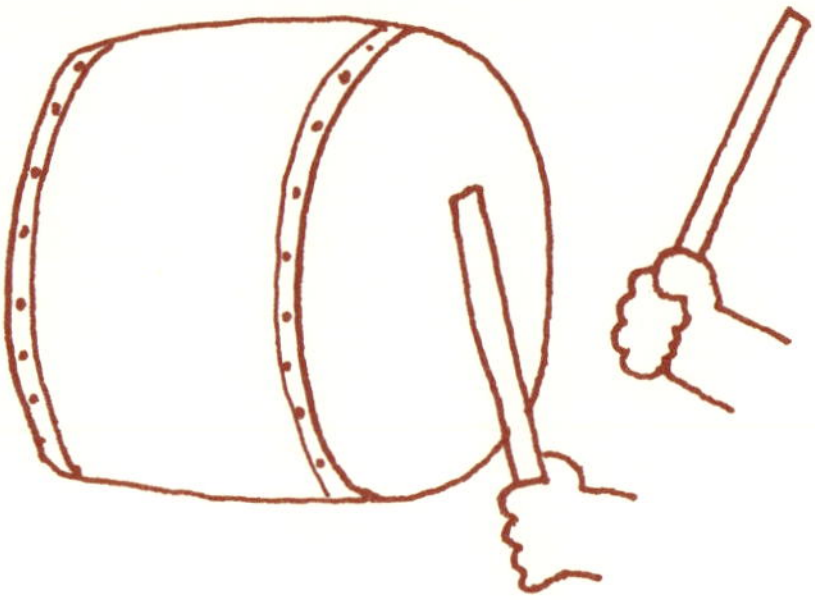

ドギゴザゾダバ

ドドド
たいこがドドド
まつりの始まり

ギギギ
大きなとびらが開く
ひらけーごま

ゴゴゴ
父さんのいびきがゴゴゴ
父さんには聞こえない

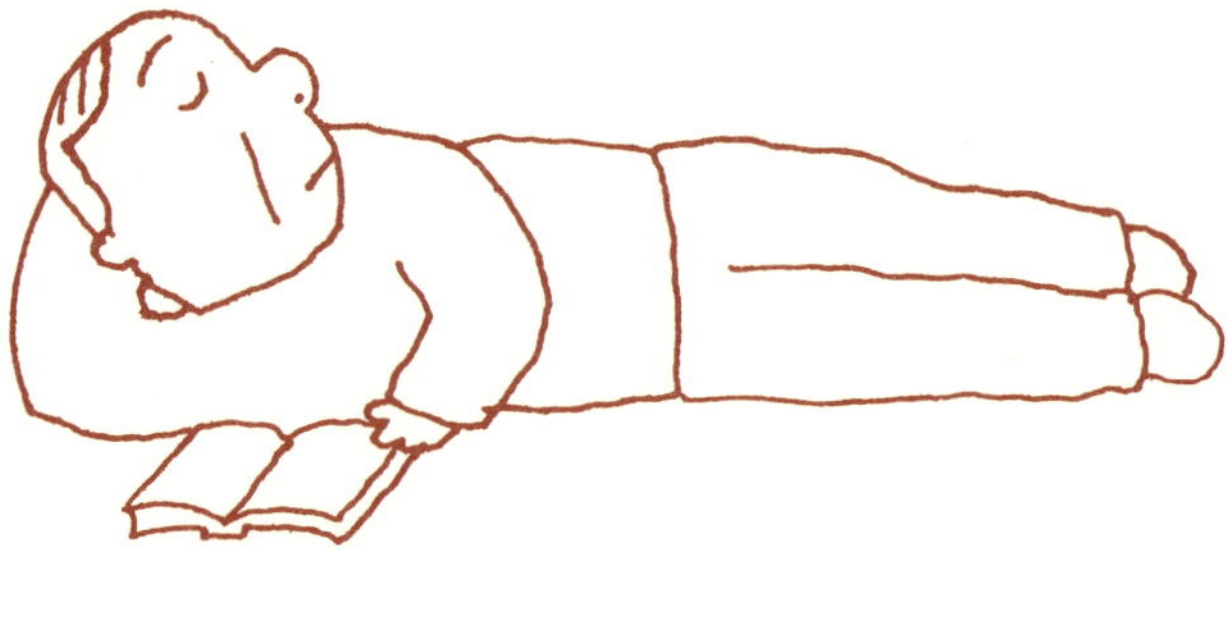

ザザザ
くじらがザザザ
海の上へジャンプ

ゾゾゾ
からだじゅうがゾゾゾ
テレビのスリラー

ダダダ
こううんきがダダダ
あわてるミミズ

ばばば
ヘリコプターがばばば
山でそうなん者発見

手をたたきながら

すっちゃか　めっちゃか
しっちゅか　もっちゅか
さっちぇか　まっちぇか
せっちょか　みっちょか
たっぴょか　あっぴょか

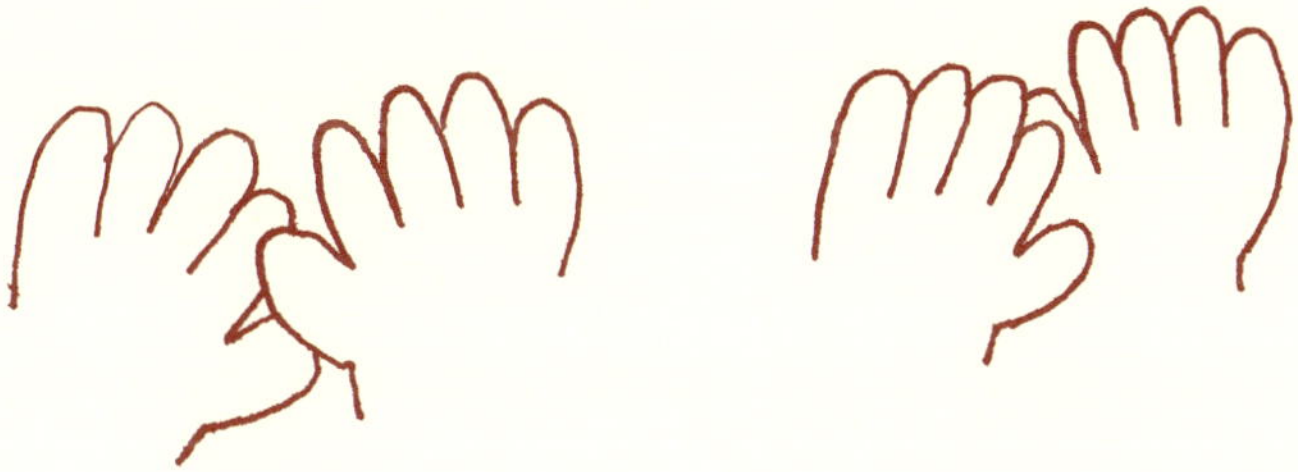

ちっぴゅか　いっぴゅか
つっぴゃか　うっぴゃか
ばっきょか　びっきょか
ぶっきゃか　べっきゃか
ぼっきゅか　がっきゅか

開けぇゴマ

走れぇ馬
踊《おど》れぇ熊《くま》
登れぇ山
光れぇ沼《ぬま》
磨《みが》けぇ玉

回れぇコマ
鳴けぇガマ
どけぇ邪魔《じゃま》
けとばせぇデマ
覚《さ》ませぇ目ン玉
遊べぇ今

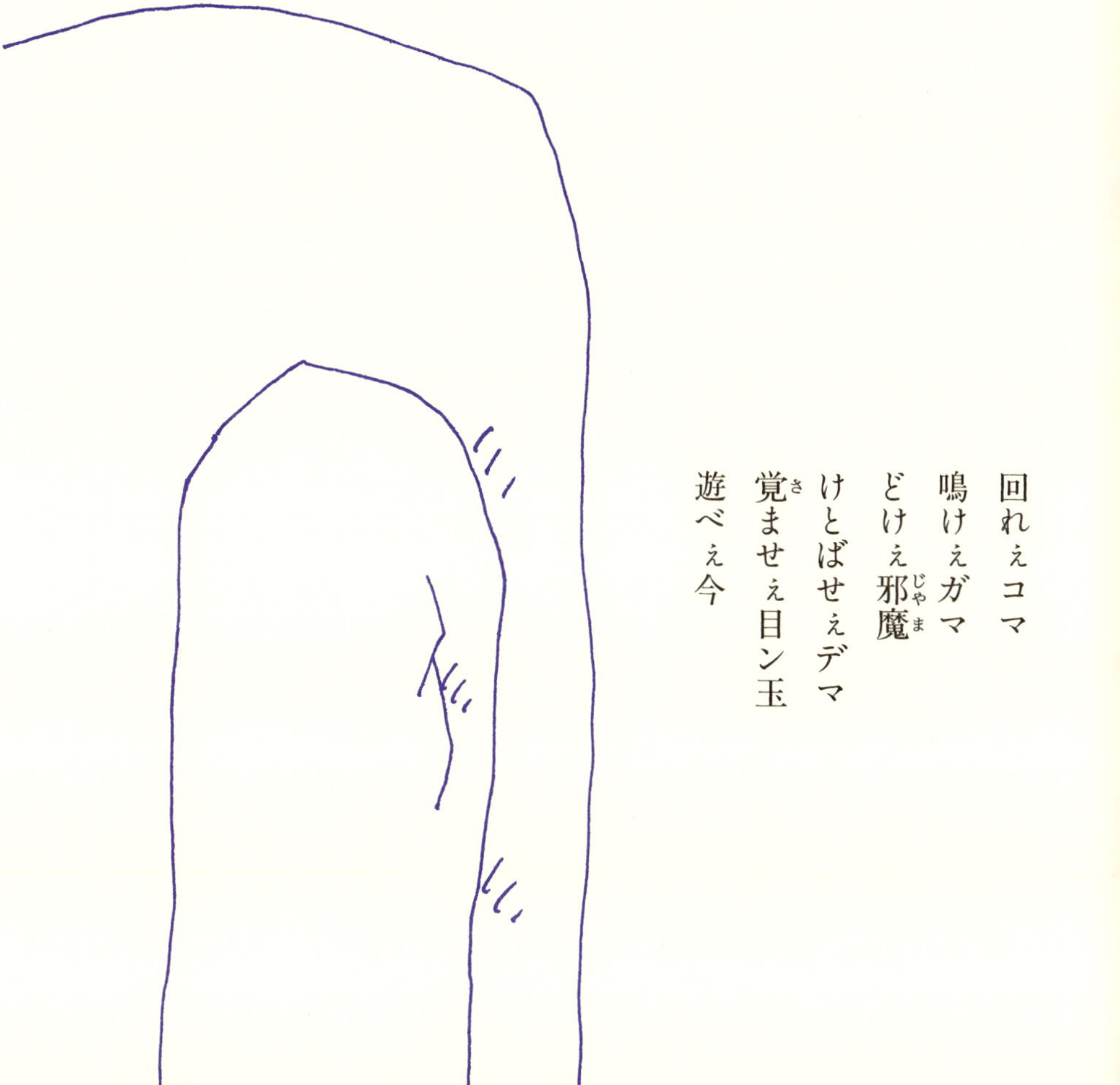

泣き虫毛虫はさんですてろ

すぐ人のせいにする
スットコドッコイのアンポンタン
どてっ腹《ぱら》に風穴《かざあな》あけて
カツオブシをぶちこんで
ドラネコをけしかけろ

弱いものいじめする
ヘッピリ虫は
とーふのかどに頭ぶつけて
死んじまえ

いつもカッカの
おこりんぼ
氷水《こおりみず》頭にぶっかけろ

並んでいる列に割り込む
ゲジゲジ野郎《やろう》
バンと尻《しり》をけとばしてやれ

ありがとうのひとこと言えぬ
アンポンタン
アリを十匹《ぴき》口の中へほうり込《こ》め

欲張りで
その上ケチンボの
がりがり亡者《もうじゃ》
おととい来やがれ

強情《ごうじょう》っぱりの空《から》いばり
四つにたたんで
大型ゴミで出しちまえ

人の話聞かないで
自分ばっかりしゃべってる
ノボセモンのオタンチン
口にガムテープはりつけろ

いつだってツンツンしてる
ドアホのタワケ
くつずみでみがいてやろう
ちっとはツルツルになるだろう

指切りげんまんしたってのに
約束破ったヒトデナシ
針千本《はりせんぼん》飲ましたら
風船千コしばりつけ
空へ飛ばしてやればいい
そらみたことか
アッカンベー

はやしことばカルタ

あんぽんたん
いじわる
うそつき
えっち
おたんこなす

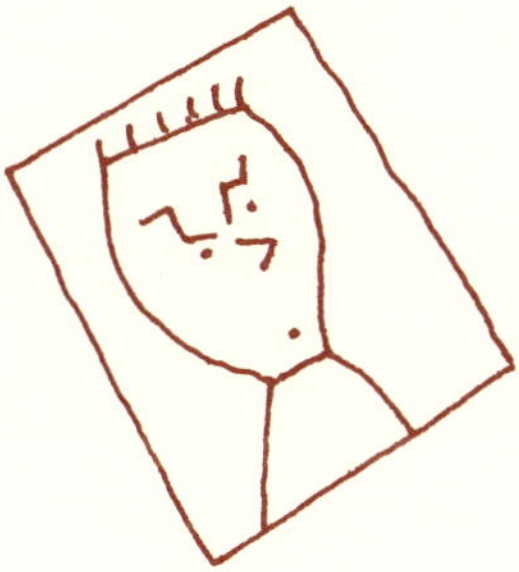

かっこうばっかり
きざ
ぐず
けち
ごますり
さぎし
しみったれ
すれっからし
せこい
そんだい
たわけもの
ちんぴら
つるっぱげ
でれすけ
どじ
なきむし

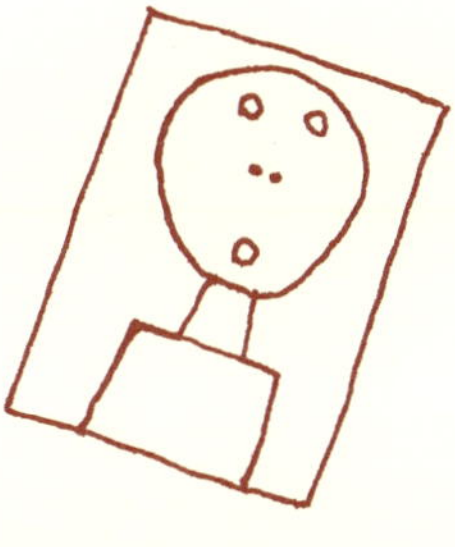

にせもの
ぬけさく
ねぼすけ
のんべえ
はなたれこぞう
ひとりよがり
ふぬけ
へっぴりむし
ほらふき
まぬけ
みえっぱり
むしんけい
めだちたがり
ものぐさ
やぼてん
ゆうれいみたい

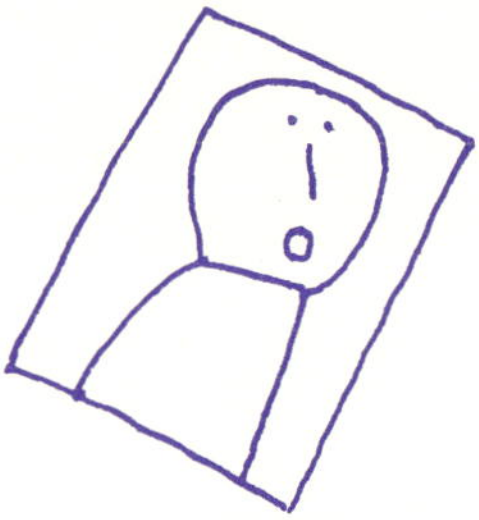

よくばり
らんぼうもの
りくつや
るーず
れいぎしらず
ろくでなし
わるがき

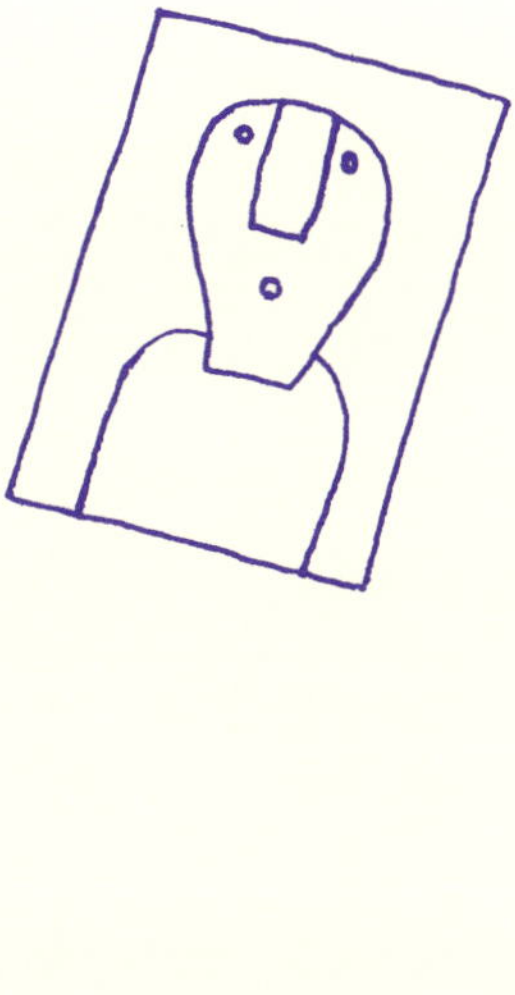

V

でるでるモモタロウ

でるでるモモタロウ

ババ川へ洗《せん》たくに家をでる
ジジ山へしばかりに家をでる
ババ川ぎしにでる
川上《かわかみ》からモモがまかりでる
モモの中から赤んぼうがはいでる

名前はモモタロウととどけでる
ジジババかわいくてなでるなでる
その力ぬきんでる
鬼《おに》をやっつけにいくと申してる
キビダンゴふろしきからはみでる
サル・イヌ・キジおともを願いでる
鬼が島で鬼たちが飲んでさわいでる
サルはひっかくことにひいでる
イヌはかみつくことにひいでる
キジはつっつくことにひいでる
それぞれちょうしがでる
鬼の親分の目になみだでる
モモタロウ勝利をかなでる
いらい鬼は人の心にすんでる

けるけるウラシマタロウ

浜《はま》で子どもらがカメをいじめているのを見かける
ウラシマタロウ叱《しか》りつける
子どもらカメをおいて逃《に》げる
助けたカメの親ガメがタロウを背中にのっける
竜宮城《りゅうぐうじょう》で乙姫様《おとひめさま》が待ち受ける

大歓迎《かんげい》を受ける
タコおどりが宴会《えんかい》を盛り上げる
何日も何日も竜宮城にいつづける
ふと帰りたくなり乙姫様に打ち明ける
乙姫様タロウに玉手箱《たまてばこ》をさずける
ふたを開《あ》けないようにと話しかける
浜には住んでた家もなく変わりはてタロウたまげる
玉手箱を開ける
立ちのぼる白い煙《けむり》をまともに受ける
あっというまにツルになり空高く天《あま》がける

いたいたカチカチ山

ある山の中じさまとばさまが住んでいた
わるいタヌキがいた
じさまがそら豆の種《たね》まいた
タヌキはそれをほじくって食べ屁《へ》をこいた
じさま目をむいた

切《き》り株《かぶ》にとりもちをべったりぬっておいた
こしかけたタヌキ尻《しり》がべったりくっついた
じさまタヌキをきりきりゆわいた
戸口につるされタヌキは泣いた
じさま「今夜はタヌキじるだ」とわめいた
ばさまが土間《どま》で臼《うす》に入れた米をつくのをタヌキ見ていた
「手伝うから」と何度もいわればさまなわをほどいた
タヌキ米つくふりしてきねでばさまをがんがんたたいた
じさまが帰ったときタヌキはばさまに化けていた
「やあいやいじさまがばさまじる食った」とタヌキはわめいた
じさまわあわあ泣いた
東山のウサギ登場じさまの話を聞いた
ウサギは山の中を探して歩いた
タヌキがいたいたいた
巣穴《すあな》の外でしょんべんしていた
力もちとウサギにおだてられタヌキかやの束《たば》を背中にかついだ

ウサギも少しだけかついでタヌキのうしろについた
「タヌキさん助かったよ」といいながら内心にやりとした
ウサギが火打石《ひうちいし》をカチカチならした
「今の音はなんだい」とタヌキが聞いた
ウサギは答えた「カチカチ鳥がないた」
「ぼうぼうと変な音がするが」とタヌキがつぶやいた
ウサギが言った「ぼうぼう鳥がないた」
「あちち背中が火事だ」とタヌキがさわいだ
背中におおやけどをしたタヌキはひいひい泣いた
次の日ウサギはやけどの薬だとタヌキの前においた
「だまされるものか」とタヌキはそっぽをむいた
「ぼくは北山のウサギだよ」と嘘《うそ》をついた
からしをたっぷりまぜたものを背中にぬられタヌキは一晩中苦しみ抜《ぬ》いた
「ぼくは南山のウサギだ」とまた嘘をついた
「川で舟《ふね》をこごう涼《すず》しいから痛いのすぐなおる」と手招いた
タヌキすぐにうなずいた

ウサギは木の舟にタヌキはどろの舟にのってこいだ
どろの舟はとけタヌキはおだぶつなんまいだ
「じさまばさまのかたきをとったぞ」というウサギの声が山中にひびいた

笠《かさ》地ぞう

むかす　むかす
ある山のふもとさ
おずさんとおばさんが住んでたとさ　岩手

ふたりは
毎日　せえだして　はだらいだども
くらしはとんと楽《らく》えならねがったでもの　山形

十二月もおっつまって
正月さまむかえんのに　もちどこでねぇ
そんでじさま夜《よ》なべして笠つくったと
福島

それでじさまは
山笠もって町に売りに行ったと
新潟

えれえさみい日でなあ
雪がふっていたんだと
埼玉

「笠はいらんかいな　こうておくれんか」と
いかい声で町の通りを歩いたんにゃけど
笠はぜんぜん売れんのやて
福井

「ああてきない　はよ帰ろ
かかはがったりしるこっちゃろ」
岐阜

重たい足をひっぱりもって
とぼんこん　とぼんこん帰りかけたら
目の前に雪で白おなったお地ぞうさんが
目についたんや
京都

「そや　この笠きせたげよか
ちょっとは雪よけになるやろ」
大阪

そう言っておじいさんは
おぶっていた笠を
ならんでいるお地ぞうさんの頭に
かぶらせてさしあげたといね
島根

ほよなはなしゅう聞いたばばさんは　の
「ほうかいのう　ほりゃあ　ええことを

しんさったよ　のう」ゆて　ゆうてのう
うれしげに　じっちゃんい　ゆうたんじゃげなで
広島

その晩　おそうなってのことじゃが
家のホカで　なんやら　どしんどしん
ちゅう音がするけェ
山口

ふたりして　そろっと戸をあけてみると
どうしたことじゃろう　米のたわらと魚《びんび》と酒《す》と着物《べべ》を
こさえるつぎが　おいてあったんじゃと
徳島

ほんで　その時
笠をかぶっちょるお地ぞうさんらあが
いによるすがたが見えた　と
高知

ふてりゃあ　たまがったり　よろこうだりで
寒かつもてんでわすれてしまわしたげな
福岡

こげんして　心のやさしか　じいさんとばあさんは
もっついで
よかしょがつを　すっこっができたちゅもんど
めでたしめでたし

鹿児島

あとがき

子どものころから、だれでもそうであるように言葉遊びが大好きでした。「ばかのばかばたらき（馬鹿の馬鹿働き）」という早口言葉を、初めてスラリと言えたときのうれしさを、今でも覚えています。小学校からの帰り道、

♪ひとつふたつの　みよちゃんが
みっつ　みかんを食べすぎて
よっつ　夜中に腹痛で
いつつ　いつものお医者さん
むっつ　むこうの看護婦さん
ななつ　なかなか治らない
やっつ　やっぱり治らない
ここのつ　この子はもうだめだ
とおで　とうとう死んじゃった

——とみんなで歌い、

♪トーフの始めは豆である
おわり名古屋の大地震
松竹ひっくり返して大さわぎ
イモを食うこそ屁《へ》が出るぞ（千家《せんげ》尊福《たかとみ》作詞・上真行《うえさねみち》作曲「一月一日」の替え歌）

を歌ってうれしがっていました。

大人になっても、言葉遊びを卒業するどころか、そのおもしろさにますますのめりこむようになり、言葉遊びの詩をたくさん書いてきました。特にここ四、五年は集中して創作にはげみました。「しめこのウサギ」とか「驚き桃の木山椒《さんしょ》の木ブリキに垂木《たるき》」と口にするのも愉快だが、自分で創《つく》るのはもっと楽しいのです。

この詩集には、そうした類いの詩を多く収録しました。だれがこの詩集を手にとってくれるか、あまり考えませんでした。子どもが声を出して読んでくれるといいなと思うし、若者や高齢者のかたがたがニヤニヤしながらページをめくってくれたらうれしい。タイトルの「だだずんじゃん」はわたしが作った言葉です。これまでの言葉で言い表せなかったということです。

終わりになりましたが、わたしがファンである和田誠さんに絵を描いていただいたことに心からお礼を申し上げ、お世話をかけたいそっぷ社の首藤知哉さんに感謝します。

川崎　洋

この詩集に収録した詩の初出は次の通り。これ以外は書き下ろしです。

なかま……………………「日本児童文学」第四十三巻第六号・小峰書店
おめでとう…………………『おめでとうがいっぱい』岩崎書店
トンネルとトンビ…………『ママに会いたくて生まれてきた』読売新聞社
初夏の歌……………………「Sun Power」一九九六年六月号・倫理研究所
おてんとうさん……………「Sun Power」一九九六年二月号・倫理研究所
きのうより一回だけ多く…「国語教育相談室臨時号3・4年生用」光村図書
野球しりとりうた…………『ママに会いたくて生まれてきた』読売新聞社
ドギゴザゾダバ……………「読み物特集号2年下」一九九八年・学習研究社
笠地ぞう……………………「現代詩手帖」一九九九年七月号・思潮社

川崎 洋（かわさき・ひろし）

1930年、東京大森生まれ。西南学院専門学校英文科中退。横須賀の米軍キャンプなどに勤務。53年、茨木のり子と同人詩誌「櫂」を創刊。61年より、文筆生活に入る。読売新聞で「こどもの詩」欄の選者を務めるなど、子どもことば、方言、日常語の何気ない表現を愛してやまない。

主な著書●詩集に『ビスケットの空カン』（高見順賞、花神社）『川崎洋詩集』（思潮社）他。エッセイ集に『大人のための教科書の歌』『嘘ばっかり』（小社刊）『かがやく日本語の悪態』（草思社）『日本の遊び歌』（新潮社）『ことばの力』（岩波ジュニア新書）他。98年、日本語の持つ表現力の豊かさを指し示したとして、第36回歴程賞に輝いた。

だだずんじゃん

二〇〇一年六月三十日　第一刷発行
二〇一一年三月二十日　第四刷発行

著者　川崎 洋
画家　和田 誠
発行者　首藤知哉
発行所　株式会社いそっぷ社
〒一四六－〇〇八五
東京都大田区久が原五－五－九
電話　〇三（三七五四）八一一九
印刷・製本　株式会社シナノ

ISBN4-900963-15-1　C0095
定価はカバーに表示してあります。

川崎洋の本

大人のための
教科書の歌

「ちょうちょう」「かえるの合唱」「もみじ」そして「ふるさと」……戦後の音楽教科書に登場した代表的な歌66曲を振りかえるノスタルジーいっぱいのエッセイ集。いわさきちひろ、安野光雅などのカラー挿絵も満載です!!

●本体1600円

心にしみる
教科書の歌

好評に応えて登場の第二弾。「ぞうさん」「ドレミの歌」など小学校時代の歌に加えて、「よろこびの歌」「旅愁」「夏の思い出」「雪の降る町を」など中学校で出会った印象深い歌も収録。教室で歌った〝あの頃〟がよみがえります

●本体1600円